走过的路

ZOU GUO DE LU

冯绍龙　著

陕西新华出版传媒集团
太白文艺出版社·西安

图书在版编目（CIP）数据

走过的路 / 冯绍龙著. -- 西安 : 太白文艺出版社，2022.9
ISBN 978-7-5513-2218-8

Ⅰ. ①走… Ⅱ. ①冯… Ⅲ. ①长篇小说－中国－当代 Ⅳ. ① I247.5

中国版本图书馆 CIP 数据核字（2022）第 146773

走过的路
ZOUGUO DE LU

作　　者　冯绍龙
责任编辑　张　鑫
装帧设计　秦　强
出版发行　陕西新华出版传媒集团
　　　　　太白文艺出版社
经　　销　新华书店
印　　刷　三河市元兴印务有限公司
开　　本　660mm×960mm　1/16
字　　数　160 千字
印　　张　13.25
版　　次　2022 年 9 月第 1 版
印　　次　2022 年 9 月第 1 次印刷
书　　号　ISBN 978-7-5513-2218-8
定　　价　59.80 元

联系电话：029-81206800
出版社地址：西安市曲江新区登高路 1388 号（邮编：710061）
营销中心电话：029-87277748　029-87217872

蹒跚学步到耄耋老人，稚嫩无知到广博练达，方寸之土到浩渺宇宙……

一个生命从呱呱坠地的那一刻起，便会走向一条时光之路，成长之路，想象之路……

我想，人间最大的美好应该是：哪怕再卑微的灵魂都能从生命之义自在绽放、独特鲜活，听从内心之召唤，走过自己人生的路。

冯绍龙

CONTENTS · 目录

第一章 新开岭

时间可以抚平大部分伤痕，
苦难会让人坚强和奋发。

第二章 孩子情绪

若说穷山恶水，辽西确实算得上。山大沟深，梁岭绵绵不绝。

虽是荒山秃岭，民风却最为淳朴，家长里短都依着一个“理”，循着一个“情”字。

辽西人“直”得可爱，不事城府，肚里没有弯弯绕绕，爱恨都在脸上。稀罕你，便称兄道弟大碗喝酒大口吃肉，巴不得睡觉都钻一个被窝；厌恶你，便乌眼鸡般，恨不能咬上对方几口方才解气。

建昌县位于辽西最西部，国家级贫困县，紧挨河北省秦皇岛市青龙满族自治县。

新开岭乡，是新平出生的地方，恰临省界、县界。因地势的关系，乡亲统称青龙为“岭下”，新开岭为“岭上”。

岭下的青龙相比岭上，山更高沟更深，在岭下居住的人也更穷苦。故而，岭下的闺女都巴望着能嫁到岭上来。新平的好多亲戚都是岭下嫁过来的，包括新平大妈（辽西方言对大伯母的称呼），还有八十多岁的大舅奶（父亲的大舅母）。

其实，经过长期的民族融合，汉满两族在语言、风俗方面均看不出多大差异。长相也差不多，细品起来，满人脸盘子又大又圆，也更强壮，腰圆膀阔的，民风也更加粗犷豪放些。新平记得，每回到岭下赶集遇上新店铺开张，震天的音响中，常会看到一两个长相平平、身材臃肿的少妇，一边拿着麦克风吼，一边搔首弄姿。大概是腰太粗四肢太僵无法灵活地耍弄吧，于是她们就从头到臀再到脚一起摇摆，如同一端插在烂泥里，另一端晃荡的粗壮的烧火棍子。时不时地还朝围观的大爷抛媚眼或做几个“辣眼睛”的动作，然后对着麦克风夸张地呻吟：“吼哈……吼哈……”大爷们便紧盯着她们颤动着的几乎撑破了裤子的硕大屁股，龇牙咧嘴地笑，那猥琐满足的样子好似占了天大的便宜。

新平所在的村子叫“大杖子”。据考证：因旧时野兽出没，村民为保护庄稼，便用木杖将村子围起来，故此得名；又因村子在方圆几里规模最大，故而得了一个“大”字。

说来也奇，虽说新开岭也是山岭连绵，可除了被称为“后梁”这段不过几十米高的土石岭，大杖子几乎是一马平川的大平原，土地面积大且肥沃。故而，不但岭下女子巴望着嫁到大杖子，就是岭上周边山沟沟的人家，也想方设法要把闺女嫁过来。

新平的堂嫂便是岭上南边的红旗村人。新平的大姑就在那个村，当初堂嫂她爹托大姑保的媒。

亲事儿成了后，几乎一到赶集日，堂嫂他爹便顺路到闺女家坐坐，每回都与大伯喝得面红耳赤。他戴着个破狗皮帽子，帽耳朵一只翘着，一只耷拉着，眼睛笑得眯成一道缝，嘴巴也不利索了，结结巴巴地说：“我闺女掉米缸了……米缸了……”

新平出生在一间老房子里，那一年是 1976 年。

那一年正是多事之秋，唐山大地震，伟人离世。

大杖子，距唐山也只有二百千米。听新平妈后来说，地震时间是晚上，新平他爹反应快，从被窝里腾地一下跃起，一边喊着新平妈，一边便抱上新平跳出窗去。没走几步，整个山墙便坍塌了，他们一家子人算是命大。跑出来的人都顾不上穿件保暖的衣服，都只穿着睡觉时穿的短袖短裤在夜晚的凉风中瑟瑟发抖。

或许是那一年地震带给人们的后遗症吧，打新平开始记事起，一直到上完小学，一入夏季，家家就在院子里搭“抗震棚”。这些抗震棚非常简陋，底部搭着膝盖高的木头板子，算是床了；外围是搭在一起的木头柱子，呈“人”字形，再盖上塑料布、秫秸之类，开口处挂个布帘子，便可遮风挡雨了。但是从没派上预想中的用场，倒是如同架在院子过道上那高高的，遮天蔽日的倭瓜秧架一样，是新平这些孩子们脑海中童话里的城堡。

新平家的两间房与大伯家的四间是连着的，两家的院子也只是被过膝高的矮墙隔着，迈腿便能跨过。

新平他爷一共养了五个孩子：新平的大姑、大伯、爹、老姑（辽西方言对最小的姑姑的称呼）、小叔。新平他奶三十多岁便死了，那时新平他爹七八岁，小叔尚在吃奶，大姑只有十四岁。长姐为母，新平他爷每天下地干活挣工分，大姑便担起了照顾弟妹们的责任。

那时穷啊，没有吃的，大姑抱着小叔满村子找奶吃。家家都穷，都是食不果腹的境况，哪里有奶水呢？大姑无助地抱着小叔坐在自家的土炕上，手里拿着一根好心人送的黄瓜。小叔躺在大姑的怀里，初始还哭，后来便一动不动了。大姑以为小叔睡着了，就这样一直小心地抱着，唯恐摇醒他，他又要哭。直到新平他爷回来，才知道小叔早已没了气，生生地饿死了。

世间的事儿就是吊诡，就是这样一个几乎被人遗忘，也很少被人提起的尚在襁褓就早夭的小叔，竟在几十年后与新平的生活牵扯在了一起。

1995年新平上大学，因他被检查出乙肝便休学回家了。家人和村里人一样都理解不了：这样一个活蹦乱跳的孩子，怎么可能有病呢？于是便怀疑新平是中了邪。经常有好事儿的人来家里与新平他爹妈嘀嘀咕咕的，得到一致的结论是：正是这个死去的小叔来骚扰新平。天啊，这都什么跟什么啊！新平发疯似的辩解显得那么苍白，一个被所有人判决“中了邪”的人的话语是多么无力。新平收起卑微的膝盖，闭上早已嘶哑的喉咙，顶着满脑门磕头磕出的带血的包，钻进属于自己的那间小屋，蒙上被子，从此与这“正常”人的世界隔绝。但除非自己不存在于这世界，否则怎么可能与世界隔绝得了呢？妈就是新平与“正常人”之间的纽带。几乎每夜，妈都在自认为新平已经睡熟的时候，悄悄地推门进来，拿着新平的衣服，一边挥舞一边在地上转圈走动，悲怆而低沉地央求道：“平儿，回来吧。他小叔，快走吧……”

新平的大姑父是新平他爷亲自选的，南沟的红旗村，真正的山旮旯。不是有这么一句顺口溜嘛：“一进红旗沟，遍地是石头，柴火没处割（辽西方言，读gǎ），叶子没处搂。”可想，红旗沟的生活条件有多艰苦。媒人提亲后，新平他爷亲自跑了一趟，回来就给家里人说中（方言，可以，同意），说是对方家里没别人，新平姑父是独子，只有一个寡母，大姑嫁过去就能当家。大姑父比大姑大了十岁，爷说大些好，知道疼人。后来新平猜，爷或许是因为“同病相怜”，才对新平的大姑父惺惺相惜吧。

大姑嫁过去后，多了一张嘴，家里就更加没有粮食吃了，顿顿除了野菜还是野菜，人人满脸泛菜色。大姑就经常回家“借”粮食。说是借，也从未见还过，其实也真是还不起。那时大伯和新平他爹已经分家，爷跟着大伯过。两家加起来也没有多少粮食，大姑又来得勤，有时两家都借不到，大姑便坐在大门口抹眼泪。爷看到就跳着脚骂两家都不是东西，是忘恩负义的“白眼狼”。

当老的私心也是有的，一碗水也是端不平。

新平的爹妈都倔强死板没眼色，用东北话说不会“来事儿”，不然爷也不会被大伯“抢去”独养。

那时新平他爷是队里的保管员，就是“为贫下中农看大门”。于是乎，村里其他人勉强吃饱饭的时候，大伯一家把干豆腐都已经吃腻了，甚至家里的猪闻到干豆腐都哼哼唧唧的，一脸的嫌弃。

新平的妹妹出生后，两间房子便住不下了，更别说来个客啥的，但又没有地方可以加盖。后来经新平的小舅爷牵线，新平一家借住在全家都搬到了县城的樊二爷的老房子，还不收租金。说起来也真是奇怪，乡下人对于在社会上凡是有点头面的上了岁数的人，不是称“爷”便是唤“奶”，与辈分毫无关系。也不管是上了年纪的老人，还是牙牙学语的孩子，背后议论起来都可称“某某爷”“某某奶”，且毫无违和感，就如同旧社会的“老爷”“太太”一般的称呼。

樊二爷家的房子有五间，甚是宽敞。门口是铁大门，令新平这个见惯了木栅栏的孩子感到既新奇又拘谨。虽然年纪小，但新平也清楚他这是住在别人家的房子，况且这房子又在陌生的村子的正中央，没有一个熟悉的玩伴，新平便半拉月也没好意思跨出大门半步。

新住处的厕所旁有棵半大的苹果梨树，据说整个村子也只有樊二爷家的这一棵，所以就显得金贵些。树结的果子不多，但又大又甜。卑微者最喜欢在他们认为比他们更卑微的人身上肆意，以暂时忘却自己的卑微。厕所就在院子里靠近大门的右侧，那几个不“联人”（东北方言，不懂事没素养）的老娘们儿，明明不急，明明自家的厕所就在不远处，仍是肆无忌惮地提着裤子跨过铁门大摇大摆地进来，就如同吃席时伸向肉乎乎的大肘子的筷子一般横冲直撞。完事儿后，一次不落地，一手提裤子一手便扯上了梨子。

新平一双黑溜溜的小眼睛瞄她们好久了，这时，他用程式化又怯怯的声音说道：“我妈说了，不让摘我家的梨子……”

“没摘你家的梨啊，薅几片树叶擦下屁股。”那女人一边应付着新平，另一边却仍是紧着忙活，狠狠地拽下几个梨子塞进裤兜。

除了大部分被那几个老娘们儿祸害的苹果梨，新平吃了几个，余下的都被妈精心地保存了起来。

一般在秋天收完庄稼的时节，樊二爷都会派司机开着大卡车回来一趟，他的某个儿子也陪同着。这时，新平妈就会拿出精心收藏的苹果梨招待他们。新平拘谨地站在炕旁的地上，远远地，靠着柜子，藏在妈的背后。樊二爷的儿子让新平也吃，新平不敢说话，轻轻地摇头，身子与柜子贴得更紧了，手背在后边摩挲着柜板，低着头涨红着脸，怯怯的。樊二爷的儿子便拿着梨子径直朝新平走来，眼睛从透明的镜片后射出清澈的光，更加令人惶恐。他把新平的手从背后轻轻地拉出来，将梨子放到上面。新平的手像被开水烫了般往回缩，青里透红的大梨子就掉在了地上，摔得果汁四溅……

新平家的房子作价卖给了大伯，大伯表面没说什么。没隔两天，大半夜的，爷来了，也不进门，就站在门口破口大骂：“你这房子也要钱？当年你还吃我媳妇的奶呢，奶水钱拿来！”新平他爷平时穷横是出了名的，也没人敢劝，就这样连着骂了几宿，新平他爹说不要钱了才消停。

两家共有一棵大大的山楂树，在西山上，据说是新平爷爷的哥哥当年栽的，新平爷爷的哥哥在村里没了后人，这棵山楂树自然就被新平爹和大伯继承了。每到秋天，两家便一起打山楂来平分。没有大秤，便用新平家的小秤由新平爹你一秤我一秤地平分。

第二日清晨，新平还躺在被窝里睡觉，大伯和爷就气势汹汹地进来了。一人提着一根棍子，说是爹给大伯分少了。大伯扛来一杆大秤，叫新平爹立即称给他们看，如果少了就拿棍子把新平爹往死里“削”。

结果一上称，分毫不差，俩人便红着脸灰溜溜地走了。

如果说“大难不死必有后福”，那么按新平妈的揶揄，新平都应该是“洪福齐天”的了。

“老贺大坑”位于村子“后梁”的脚下，正对村中央，雨季的时候，盈满的水就从大坑里流出来，由北到南穿过整个村子，注入河套。村子被天然地分成东西两部分，恰好也是行政上的两部分。西边是一队二队，村民主要是洪、樊两大姓；东边是三队四队，除了独大的郭姓，相对较大的就是张、王、洪、刘几姓。

为啥称这个水坑为“老贺大坑”呢？因为这个大水泡子（水坑之意）就临着老贺哥儿俩家的房子，中间仅有几棵参天的白杨树隔着。

一年四季，这个浑浊的水泡都是整个村的孩子们的天堂，捞鱼、捕鸟、溜冰……因是水泡，淤泥很深，是从没有人敢在里边戏水的。也正是这个水泡，两次差点夺去新平的生命。

一次是在新平四五岁的时候。那时新平家还在后街的两间老房子住，与老贺家刚好是一条街，同“老贺大坑”也不过是隔了六七家的距离。邻家一个只有五六岁的小女孩，初始还陪着新平一起在新平家的院子里玩耍。渐渐地，新平妈忙活屋里的活儿也就疏忽了他们。

小女孩带着新平先是在大门口玩了会儿，接着就拉新平去了“老贺大坑”。那时恰是初夏时节，下过几场雨，坑里的水都满当当的了。他们蹲在岸边用手撩拨着水花。突然，新平一个趔趄，失去了平衡，整个人掉进了水里，双脚陷入泥中。他尽力抬着下巴，不让水进入嘴巴。估计当时小女孩看到也吓傻了，便直接跑回了自己的家，对谁也没有说。新平妈忙活完屋里的活儿，出门来找不到两人就慌了。似乎是某种感应吧，她一路狂奔来到了水坑。拉新平出来时，水都已经浸到新平嘴巴了，再晚一分钟，估计都喝饱了。

还是“老贺大坑”，那年新平八岁。初春时节，新平身上还穿的是厚厚的大棉袄。“老贺大坑”一小半的冰已经化了，另一半厚的冰层仍可以溜冰车、打冰溜子。新平和几个调皮的孩子站在冰化与未化的交接处，拿石头砸融化处的薄冰。结果，新平靠得太近了，且拿的石头比较大，咔嚓一声，新平连同脚下的一大块冰都塌下去了。新平是不会游泳的，但他很快克服了初始的慌张，立即冷静下来，无师自通学会了“狗刨”，拼命地往岸边游。大棉袄在未全浸湿之前浮力很大，他要在它彻底浸湿前游到岸边。

这时，新平本家的一个二叔听到孩子们的叫喊，急忙赶了过来，把新平拉上了岸。新平因水泡了棉袄担心被责骂而不敢回家，还是二叔把他送回了家。

六岁的时候，有天新平在村里玩。

二队的车老板赶着马车过来，新平爹刚好也坐在车上，那时新平爹是队长。原来，他们是准备给拉车的这头骡子到十里外的石家子钉掌。

看到马车，新平好玩的野性立时被激起来了，他噌噌几步跑过去爬上了车。爹不让新平去，说了几句，见新平没动，便也没有再坚持。新平也来不及回家跟妈打声招呼，反正到时妈找他时，自然会从别的小朋友嘴里知道他的去向。

他们去石家子走的是国道，路过三间房村的时候，爹就指着公路下方深沟里的一排房子，对新平说："看到没有，那就是你二姨家。"到石家子后，车老板拉着骡子去钉掌，爹带新平去了姨姥家。新平后来的回忆就是：他站在炕沿，姨姥家的大姨剥着煮鸡蛋，一口一口地喂他。接连吃了三个，新平还丝毫没有停下的意思，爹就尴尬起来，到底在爹的极力谦让下吃了五个方停下来——因为一共就煮了五个。

回来的时候，太阳快落山了。经过三间房村时，爹又指给新平："看，你二姨父正在院子里……"接着就朝院子喊了两嗓子，二姨父就往上挥手。又走了一会儿，突然一阵风吹来，把车老板的帽子吹掉了，爹就跳下车去追帽子。这时，一辆汽车刚好从山脚的公路转出来，见前面有个人，司机赶紧按了下喇叭。这骡子第一次见到这阵仗，一下子就毛了，顺着公路狂飙。车老板把马车上半弧形的带牙的卡齿翻转过来，拼命把闸拉到最尽头，车轮子都不转了，骡子还是弓着庞大的躯干发疯了般东突西撞。

突然，车子向路边的陡坡冲去，在即将翻车的一瞬间，车老板跳下了车。此时新平正四平八稳地坐在车的正中，回味着鸡蛋的美味，跳车是不可能的。这时，一道灵光闪电般击中了他，也就几秒的时间，他判明了形势：车子两端有立着的挡板支撑，如若他抓死铁把手，紧紧地趴在车上，翻车时，这个支撑起来的空间便会救他一命。否则车身从头上砸下来，结果是啥，显而易见。

后来听新平爹说，事情几乎完全是按照新平的预判发展的。车子翻了十几个跟头，一直滚到了山脚下，新平在车子翻第一个跟头时，就被摔晕了，松了手；也幸好那时松了手，否则车子下一个翻转，新平不是被砸死也定会被摔残。

当新平醒来的时候，爹正抱着他在公路上狂奔。看新平醒来，就把他放在公路上，爹是在确认新平意识是否清醒，以及是否骨折了。新平站了几秒，便又晕了过去。当又一次醒来，爹已经抱着他跑在通往乡卫生所的小路上了，玉米叶子被他们撞得哗啦啦地响，划在他们脸上火辣辣地疼。

温柔漂亮的护士姐姐给新平抹的碘酒，凉丝丝的，新平一点儿也不觉得疼，倒是有点惬意的感觉，那是某种劫后重生的愉悦。从卫生所出来，新平的腿、胳膊、脑袋被缠满了绷带。

到家时，天已经黑透了。姥姥也在，妈和姥姥一起给新平父子开的门，看到新平在爹的怀里，像个木乃伊似的，她俩都惊呆了，妈说："我的平儿，这是咋了？"

没有经历过，你永远也体会不了贫穷带给一个人的卑微。

自打新平记事儿起，饥饿便如影随形。

在小妹没有出生的时候，家里虽然只有新平一个，但也是很难吃饱的，更别说吃好了。

平日里，除了来客，是没有肉和蛋的，菜隔三岔五才会有一顿，无非是清水炖白菜炖土豆。一年到头几乎都是高粱米咸菜丝，偶尔能吃上一顿小米饭，或是有一块咸豆干，绝对是人间美味。实在馋得不行，妈就磨点土豆打点淀粉，给新平熬一碗“闷子”；或者在吃小米饭的时候，经妈的特许，和一调羹猪油。

杨树刚长出不大的叶片，爹就把叶片摘下来了，在院子里用一口大缸泡上，三五天换一次水，直到不太苦的时候，便可以吃了。每回吃饭时，妈便捞一些出来攥出一个大菜团子蘸酱吃，全家人可以一直吃这个挺到夏天的青菜下来。

新平正是长身体的时候，特别容易饿，何况肚里没有油水。冬天比较好办，有黏豆包，饿了就到大缸里“偷”一个，当零嘴吃了。春天最惨，除了晚上偶尔切开个红萝卜来解解馋，确实也找不到垫肚子的。

来客的“好饭”是没有下顿的。若是有剩下，一般是要打包给客人带回去。即便不带回去，也是所剩无几，因做饭前会根据客人的多少、客人的饭量大小反复掂量的。

零食，一般意义上是指购买的饼干、糖果类，除却过年的那几天，是很少有的。具体来讲，新平的零食仍是与土地的直接产出相关，譬如葵花子、苹果、梨子，譬如炒熟的玉米粒、黄豆粒，晒干的红薯干等。既然是与土地相关，那么也是受季节限制的，秋季最“富足”，冬季仍可“沾”秋天的“光”，春夏匮乏。除了正规土地的产出，大自然的其他馈赠虽不丰富，但只要有擅于发现的眼睛，仍是可以不断地大饱口福的。掰指算起来，这些“馈赠”还真是不少，烤麻雀、烧水牛子（一种夏天雨季里出现的带翅膀的飞虫，约一寸长）、红姑娘（野生的黄豆大小的甜甜的野果）、榆钱儿……当然印象最深刻的还是烤麻雀和烧水牛子，大概是捕捉的过程更加有乐趣吧。尤其是捉麻雀，一种是如《少年闰土》里描述的那样，在当院的雪地里扫出一块空地，撒上小米，短棒支起箩筐；一种则是直接捉，主要是寒冬的夜晚，拿着手电筒直射它们可能藏身的地方，一旦照上它们的眼睛，它们便眩晕了，一动不动地等着你来捉。新平也有经验，知道它们最可能的藏身之处，譬如屋檐下的空隙、柴草堆……幸运的话，一晚上捉十几只都是有的，捉来埋在灶坑的炭火之下，不用多久，扒出来便可闻到四溢的香味了。

衣服很少买，大都是妈用大人穿过的旧衣裳改的。补丁也是经常有。

担心长得快，新平的衣服都是奇大无比。新平人瘦小，天性又敏感自卑，走路都是低着头，看人也不敢正眼，再加上盖过屁股的大袍子，猥琐得很。村里的小孩见到新平都喊“傻子”，更混账些的，还会用石子丢他。

新平从不反击，尽管有时那些孩子远不是新平的对手。新平知道，只要他有任何反击，对方家长可能就会气势汹汹地找上门来，新平的父母也会因此而受一番羞辱。贫穷就是要卑微的。

一进正月，村里便扭大秧歌，时不时便“踩下街”。尤其是十五元宵节那天晚上，家家大门都点起火把，秧歌队到哪家门口哪家便鞭炮齐鸣。到新平家呢，妈手擎着一盏小煤油灯，豆粒大点儿亮，也没有一个炮仗，秧歌队停都不停匆匆而过。

新平远远地躲在看秧歌的人群里，不敢抬头，甚至不敢呼吸，唯恐别人注意到他的存在。

凌晨，天还黑着，新平和妹妹便会早早爬起来，手牵着手吸溜着鼻涕，满村子捡人家放过的炮仗。回家拆成纸片，由妈妈用水泡过后做成纸做的“管箩”，可以盛放小物件。有时他俩会幸运地捡到第二响未响的“二踢脚”，他们就剥开一头，露出捻子，点燃，炮嘭的一声炸开，新平和妹妹就开心得又喊又跳。

上学后，父母满世界借钱给新平交学费。不论怎么低三下四，他们都从未让新平因学费为难。新平也争气，学习始终名列前茅。大舅是小学老师，时不时地往新平书包里塞几个本子，算是不小的帮衬了。大舅家的表姐，只比新平大几天，与新平同一个班级。中午带饭，新平带的是高粱米饭咸菜疙瘩，她是饼干，完全就是两个世界。

那时家里有一只大公鹅。新平个子小，它便欺负他。每次放学回家，他都要站在门口喊妈妈。妈便出院子来，双手抓住鹅脖子，新平才敢进去。

他们家也养过狗，很乖，与新平形影不离。不幸的是，有一回小舅爷来新平家，竟被它在腿上咬了一口。现在想来大概是它正处在发情期吧。那时家里借住的房子，还是托小舅爷的关系。人是肯定不会有错的，故而就把狗勒死埋了。自此，新平家再不养狗。

东北的冬天冷，新平总是流鼻涕，又懒得用手来擤——怕冷。他双手对插在棉袄的袖筒里，直接将鼻涕擦在袖筒上，鼻涕干了一层又一层，久而久之，袖筒那里便黝黑发亮坚硬无比了。手、脚、脸都好久才洗一回，黢黑的，都干裂开来，血红的口子撕裂着疼。在东北，常有人患冻疮。村里有一个外号叫“秃爪子”的，就是好几个手指被冻掉了。爷爷的脚新平从未看过，据村里人说他爷十个脚指头全部都被冻掉了。传说爷爷小时候给大户人家放牛，没有棉鞋，实在冻得不行，就把脚插进刚拉的牛粪里暖和，后来第二天才发现脚指头都已经没了知觉。

冬天上课需要生炉子，班里学生轮流值日。柴火都是学生们带，一般是一捆玉米秆，或一背篓木块。煤，每日按班级定量领取。学生们中午不回家，带来的饭盒就放在炉子上热。有时炉盖上会炒上一把玉米粒，便是美味了。

那时某些逸事总会与厕所有关。

学校的男女厕所只有一道墙隔着，靠屋脊的部分并没有完全封死。班里有个叫二华的，平时就非常调皮捣蛋，他可以一使劲把尿从男女厕所墙上面的那道缝隙滋到女厕那边，那边的女生就“缺德缺德”地骂。不知是不是某种因果，据说，二华才四十岁便得了脑血栓半身不遂了，走路都要拄着拐，一步一挪一晃头。估计，现在撒尿不滋到自己的脚后跟就烧高香了。往往，你曾尽力显摆卖弄的，将来或许是你最力不从心的。

20 世纪 80 年代那几年，一到冬天，新平爹就背上装着被子的尿素袋子，穿上“大头鞋”，去盘锦割苇子。临过年的时候才回来，这样置办年货的钱就有了，新平和妹妹来年上学的学费也有了。

那时还没有打工的概念，割苇子是地方政府的项目。每年冬天，由大队干部带队，组织村里的农民过去。几个人凑一个组，到时用马车拉过去。白菜、土豆，也是用大马车拉上，还有黏豆包。

割苇子纯粹是用镰刀手工割。经常听爹跟村里人唠割苇子的事儿，什么这小组多割了那小组的了，那组的苇子比这组的好了之类。

白菜、土豆是带队的干部每天统一分发，然后各小组自己做熟吃。恰好那个带队的还是妈的本家哥哥，新平管他叫舅。所以时不时地，新平爹他们那组就能多分上半棵白菜或者几个土豆。就是这样的小小恩惠，便让新平爹觉得沾了好大的光了，时不时便人前炫耀一番。他们的主食就是黏豆包，也是临出发时每人按要求的量交上来，统一由带队的保管，每天按小组人头来发。

割上一冬，大概能挣一千多块钱。对各家来说，都是一笔不菲的收入了。所以，虽然艰苦，但几乎家家都有劳力争着去干。

再后来，能外出打工了，大多都是与建筑相关的活儿，挣得也多，活儿也长久，割苇子的活儿就没人去干了。

有年冬天，夜里下了一场雪。

新平爹早早地起来，刚到窖口，就喊叫起来。妈过去了，新平也过去了。

很明显，窖口厚厚的草甸子被人掀动过。旁边的雪地里一片狼藉的脚印，靠墙角还有几根旱烟的烟头。

指定被盗了。

果不其然，新平和爹下去一看，里边备的年货被偷走大半，家里偏房的手摇玉米机也丢了。

雪地里的脚印清晰，是两个人的。天还很早，脚印还没有受到任何破坏。新平就跟爹说："赶紧报警，然后顺着脚印找，指定能找到贼窝。"

刚还跟新平一样激动的爹，此时却平静得很。妈在旁边站着，也没说什么。

新平打电话报了警。爹不动，新平一个人顺着脚印开始找。

不到十几分钟，新平就捋到了对面周庄的一户人家。新平兴奋异常，跑回来跟爹讲找到贼窝了。

爹仍然不为所动。

当天有集会，很快这些脚印就会被完全破坏。已经有稀稀拉拉的赶集的人了，新平异常焦急。

这时，妈把新平叫到屋子：“你说的那家，我们都知道，家里很穷，根本买不起年货。两个儿子，都在打光棍……但凡有一点能力谁也不想做贼……而且，如果我们嚷嚷出去，他们再被抓起来，他们就会把满腹的怨气都记在咱们家头上，后患无穷。这个你以后走上社会会明白的……”

等派出所的警察过来，天都大亮了，外边的脚印彻底被赶集的人踏平了。他们围着新平家院子看了几圈，说找不到偷盗者留下的痕迹，便回去了。新平爹妈也就应付着，点头表示感谢。

新平是差点没有定了娃娃亲的。

搞单干（家庭联产承包责任制）后，二队重新选队长。那时后生们都起来了，成了最强的力量。新平爹不到三十岁便被大家推举为新的队长，有大批的拥趸。

贺姓在村里是小姓，只有兄弟两家，甚是不和。老二——新平叫二哥的，是爹的死党。

爹和贺姓老二好到什么程度呢，外人都说贺姓老二是新平爹的尾巴。不是新平爹在他家，就是他在新平家，当然大都是他在新平家。两人一边抽着旱烟，一边合计着第二天该如何“战天斗地”。

二哥有个女儿，只比新平小两岁，算不上十分漂亮，丹凤眼，吊梢眉，甚是精神，甚是耐看。她同新平一样，都不怎么爱说话，却都学习出众。

因两家交好，下地干活也是经常搭着伙。

有好事的便半开玩笑地讲：“两家这么好，孩子也般配，干脆给新平盈丽定娃娃亲，多好啊……”

贺姓老二明显是乐意的，嘴巴笑得都合不上了，还半推半就地说：“这辈分不对啊……”

好事儿的便说这都不是事儿的事儿，贺姓老二也就不再说什么。

新平爹说了：“别看新平现在瞅着不错，谁知道孩子长大变成啥样呢……”

大家便不再讨论娃娃亲的事了，心里却都装着这么件事。外边的小孩有时见到盈丽，便喊：“新平媳妇儿！”

人无千日好，花无百日红。两家的裂痕是怎样一点点累积产生的，无从考证了，但公开的原因是地的边界问题。贺姓老二家先种的地，新平家后种的，新平家使用的拢土器具偏宽了些，看起来像是挤到了边界。贺姓老二没有说什么，他媳妇却事儿多，平时就爱嘟囔的一个人，也不找新平家了解具体事情，便直接在地里开骂。新平爹也没跟她一般见识，只是说：“你也不用骂，等出苗就清楚了，如果确实是占了你的，整条垄都可以给你。”出苗后，果真，端端正正，不占他家分毫。但因此事，两家关系不可能回到从前了，心里都有了隔膜。

大人或可盖个大面儿，孩子却是不懂圆融的。爹妈平时少不得说对方的不是，对方自然也是如此。新平就经常揍贺姓老二家的儿子，因为他儿子宝头经常欺负新平的妹妹。贺姓老二的媳妇就经常找上新平家，爹就揍新平，新平就再揍宝头……

后来，新平读高中，考上了大学。贺姓老二的儿子当兵去了。

盈丽也开始高考，第一年没有考上，准备第二年复读。

其实，早在几年前，两家关系渐渐地又好了起来，没了隔膜，虽不像以前那样热络，但也别样亲近。

贺姓老二和他媳妇，心里指定是打着算盘呢。他俩经常到新平家，提盈丽学习如何如何好，如何如何懂事儿。因盈丽上的也是新平原来就读的第三高中，且新平有几个朋友仍在复读，贺姓老二便借故给盈丽借复习资料，新平便少不得帮着联系下。

后来，复读那年的暑假，贺姓老二和他媳妇干脆打发盈丽天天来新平家找新平辅导。

其实新平心里也是有些喜欢她的，心中便杂乱。看得出，盈丽更是如此，一副小鹿乱撞的样子。你说这还辅导个什么啊！果然盈丽还是没考上。这也是新平所辅导的“弟子”中，唯一没有考上高中的。你说，这不是砸新平的招牌嘛。

后来，听说她去沈阳开了理发店。再后来，新平带老婆孩子回东北探亲，再也没听到她任何新的消息，问妈，妈也不清楚。

妹小新平四岁，属猴，弟小新平七岁，属猪。

或许长辈多少都有些重男轻女吧，在小弟未出生前，妈更偏心新平些；在小弟出生后，妈的心便放在了小弟身上。

记得那时，妈会专门给小弟弄点好吃的，藏在柜子里。新平嘴馋，禁不住诱惑，就偷吃，妈问，新平就说不是我。妹嘴笨，往往支支吾吾地说不清楚，于是就挨妈了的打。或许，这是新平到现在仍然觉得十分亏欠妹妹的地方吧。

但在外面，是没人敢欺负妹的。除了贺姓老二家那个记吃不记打的叫宝头的儿子。

记得有一次，新平挖了满满一篮子野菜往家走，远远地就看到宝头在踢妹的篮子，妹一直躲，他就一直追着踢，野菜撒了一地。宝头显然没有注意到远处的新平。新平的火霎时就蹿上来了，不合脚的大鞋一甩，篮子一撂，如红了眼的斗牛一般冲过去。初始宝头还没有看到新平，快到他跟前二十多米的时候才看到要吃人的“猛兽”新平。宝头惊恐地大叫，撒丫子就往家里跑。

那里离宝头家比较近，新平得在他进家门前逮住他。到底，在离他家只有十几米的地方，新平揪住了他，疯了似的，抓住宝头的胳膊把他抡起来，宝头的双脚在半空中飘荡，新平远远地将他抛出去。不解恨，就一遍又一遍地抛……直到宝头他妈听到他的惨叫声跑出来。

新平与弟弟不是怎么亲近，主要是弟弟太沉默了吧。

弟弟每天一个人静静地坐在家门口的大石头上，蔫蔫地玩，一整天都可以不说一句话，如同一个深不可测的哲人。

妹跟弟比较亲近。尤其是当新平后来上高中住了校，平时也很少回来，他们就更加相互怜惜。

中学毕业，妹先是去秦皇岛的一家饭店打工，具体的工作就是给厨师配菜。新平看过妹带回家的员工合影，厨师大概有六十多岁，是一位很有精气神的慈眉善目的老头，据说对妹很是照顾，妹也有眼力见儿，平时上街回来都会给厨师带盒烟。

村里还有两个女孩与妹一同在那家饭店，其中一个跟饭店老板的儿子搞上了对象。结果回家后，家里不同意，就把这闺女关在家里不让出去了。后来妹也就没有再去那里打工。

邻村一个原来的村干部，在长春承包了一个砖厂，各村子招人，妹也跟着去了。

那时新平已经在长春读书，但等新平打算过去看看时，妹却因为生病回去了。说是病，其实就是重感冒。长春天寒地冻，一直好不了，所以只好回家。

新平是寒假回家的，妹妹好像一直在跟家里闹别扭，萎靡憔悴，脸颊上有隐隐的泪痕，炕头是凌乱的一床被子，貌似成天躺在炕上。看到新平回来了，妹非常欣喜的样子，眼神里满是期待。原来，在砖厂时，邻村的一个小伙子一直对妹非常照顾，且对妹展开了追求。两人彼此都有好感，很快便惺惺相惜、情意绵绵了。据说那个小伙子送妹上火车时两人还抱着哭了一场、担心没有结果。但妹很坚决，说是一定会说服家里的。

爹妈通过了解，知道男方家里很穷，兄弟好几个，除了老大娶了媳妇，小伙子上边还有两个哥哥在打光棍，房子不但老旧，而且也不够住，家里的土地也极少。家里担心妹受苦，不同意他俩的事，所以妹就茶饭不思，跟家里打起了持久战。以妹的想法，新平这个大哥是读大学的，思想开放，平时又最疼他这个妹妹，一定会站在她这一边的。但新平让妹的最后一丝希望也破灭了，新平选择了跟爹妈站在一起。很简单，他也不想妹将来受苦。

时间确实可以抚平大部分伤痕。

隔壁四婶给妹介绍她村里的一个小伙子，也就是新平现在的妹夫。

说起来，新平这妹夫也是蛮可怜的孩子。他父亲是小学老师，有次喝酒喝醉了跟别人发生了口角，结果那人用刀划伤了他。那天他确实是喝得烂醉如泥，也没觉得疼，就径直回家了。大半夜的，醉醺醺地回来，老婆也厌恶，根本就没有搭理他，也就没有发现任何的异常。结果，早上起来，才发现地上凝固了一大摊暗黑色的血，人早已浑身冰凉。那时妹夫才两岁，他姐姐五六岁。

次年，妹夫的妈妈经人介绍又嫁到了岭下的河北。他妈原本是要抱走妹夫的，结果被奶奶和姑姑藏了起来。他妈实在找不到，就抹着眼泪带着无尽的心酸与牵挂走了。妹夫的爷爷早就殁了，姐弟俩就与奶奶相依为命。或许父母的基因还算优秀，妹夫和他姐姐脑袋都比较灵光，人也勤劳肯干，成人后两人一直在沈阳“刮大白”（用白石粉、大白粉等刮白墙面），虽然辛苦，日子却过得不错。

妹夫英俊高大，话不多，十分朴实诚恳，家里相中了，妹也相中了。结婚后，两人相敬如宾，过得甜甜蜜蜜的，日子也蒸蒸日上。最近几年，花几十万盖了五间宽敞的“北京平房”，打了地窖，盘了高大的院墙；大儿子也上了山东的大学。当然这都是后话了。

新平的小弟生下来身体就不好，具体说呢，就是有气喘的毛病。

有几次大半夜，小弟的胸胀得鼓鼓的，急促地喘着气，爹和妈心焦得很。家里穷，也去不起医院，每回发病就找村里本家的一个赤脚医生。治完也是一直治标不治本，隔段时间就犯一次。小弟的病始终如一座大山，压在爹和妈的心头。后来，不知爹从哪里淘弄来一个偏方，熬了水给小弟喝，竟彻底好了，再没有犯过。但后遗症还是留下了，征兵体检的时候，肺里有拳头大一片黑影，就没当成兵，让小弟消沉了好一阵，不只是为受损的器官，还有梦想破灭后的绝望。当然这些也是后话了。

小弟因常年患病，身体非常单薄，个子偏又高，整个一高粱秆子似的，都担心一阵风会把他吹折。初中毕业后，小弟跟爹在沈阳纸板厂打工。年纪小，身体又不壮实，哪里能干得了重体力的活呢？爹是带工的，原本平时就是巡视巡视再动动嘴皮子，如此，一到小弟的班，就得亲自帮着干，说是帮着，其实早成主角了。可以理解，多一个人的班便可多一份收入，新平大学的学费里，也有小弟的一份辛苦。

干了一年多，纸板厂也倒闭了，新平爹继续在沈阳打零工。小弟被新老姑父（新平老姑父猝死后老姑新找的姑父）介绍去一家汽车修理店做学徒。想起来都是血泪，说是学徒，其实跟“包身工”没什么区别。

小弟没日没夜地干。记得那时新平在长春读书，大半夜给小弟打电话，他还在忙着给汽车喷漆。小弟一个月才挣一百块钱，但就是这可怜的一百块老板也从来没发过，拖到年底了也没有要发的意思。小弟老实不敢吱声，新平爹知道了这事就找老板要。老板说：“这一年一下发一次钱多好啊……”新平爹心想，一年才一千多块还一下发呢。但爹毕竟也是老江湖，便不动声色顺着老板一顿支应，老板就说下个月一准儿全给了。还行，老板总算说话算话了一回。哪儿承想，小弟辞职回家时，却发现钱被人全部盗走了。这也是新平妈后来跟新平说的。

苦难会让人快速坚强和奋发。

再从家里出来，是新平小弟独自到沈阳寻找工作。新平听妈转述：小弟身上只剩九块钱的时候，工作还是没有着落，实在没法子，拖着单薄的身子去了工地，只因工地是包吃包住的。幸运的是，遇到了善良的工头，瞅着小弟瘦弱不堪的身子，犹豫了半晌，最终还是怜悯占了上风。

小弟学的是电工，上手很快，加之天性肯钻研，不到一年就成了高手，一个月有五千的收入，算是苦尽甘来熬出了头。确实，上天从不会让任何一个不屈的灵魂陷入彻底的无望。

小弟结婚那年，新平在东莞塘厦，特意带老婆儿子赶了回来。

说起小弟的婚姻，确实也是颇多波折，此前为找对象给整个家庭带来了太多的焦虑。

其一呢，婚恋市场确实是男多女少；其二呢，小弟不甚活泼，不爱讲话；其三呢，小弟脸上青春痘长得比较厉害，且他不注意饮食，没有忌口，严重影响形象。

小弟脾气好，勤劳，加上又会电工这个手艺，村里哪家有个电上的事儿，都爱叫小弟帮忙，小弟也是随叫随到，所以，给他操心婚事的人就多，小弟看过的姑娘也多。

首先谈的有点眉目，几乎到协商彩礼阶段的，是北边的黄杖子村的，与新平村仅隔着那道“后梁”。

小弟也到她家里看过，说是家里新盖了很漂亮的五间“北京平房”。据说都是这个姑娘攒的钱，因而在家里，她享受着众星捧月般的待遇。

传言越发多了。那个村子也有新平家远房的亲戚，乡政府就在她们村，集市也在她们村。新平妈的一个堂妹，新平叫二姨，是在乡医院负责接生的。闲来，新平家的远房亲戚与二姨就谈到了这事儿，二姨就火急火燎地到新平家，说是这姑娘在外边不知干啥呢，据说是不怎么正经。小弟沉浸在爱情的喜悦里，全然不顾爹妈的各种劝导，被对方拿捏得死死的。

到底，小弟是有判断能力的人。经常打电话找不到她人，且她行踪诡秘，尤其还给小弟规定：凡是晚上，除非她打电话过来，否则不允许小弟打过去。这情势越发明朗了，小弟的这段恋情就结束了。

另一个和小弟缠缠绵绵的，是东南杖子村的李姓家的女儿。家族蛮大，家风与新平家也很配。女子言行举止很有修养也非常得体，跟新平妈也对脾气，比较聊得来。但是这闺女患有羊痫风，比较严重的那种，犯病也较频繁。对于她的病，她家里也没有藏着掖着，并承诺负责到底。

终归，各种权衡之下，还是没有进行下去。后来这女孩还是嫁到了新平所在的村，生了一个儿子，没有遗传她的病，健康可爱，一家子温馨幸福。

最后谈成的，是外乡石家子的。那里有新平的一个姨姥，还有妈的一个堂姐。打听了下，女孩家里都是本分老实的庄稼人，于是就水到渠成了。姑娘很胖，脸型非常有棱角，乍一看颇彪悍，性格粗犷。

她家要求婚事要大操大办，新平家就在县城请了最好的婚庆公司，鼓乐齐鸣地把她迎进了门。

初始的日子还算太平，渐渐地，两人的争吵就多了起来。这姑娘在家好吃懒做习惯了，从来不下地干庄稼活儿，这个新平爹妈也就将就了，但她是连饭也不会做，也从没有想过学着去做，不管家人下地多累，回来多晚，都得新平妈拖着一身的疲惫侍弄一大家子的饭食。大家想，小弟娶媳妇难，忍着吧。

奇葩的是，这媳妇话里话外开始阴阳怪气，动不动就嫌弃新平家的房子破旧，说房子是“狗窝”。过了一年多，新平家才晓得她是不会生养的，一直在吃药。两个人的争吵越发不背人了，媳妇时不时跑回娘家，隔段时间小弟再骑摩托接回来。

家里跟着愁闷，新平小弟心更不整齐。新平小弟在沈阳工地上被掉下来的钢筋砸折了腿，媳妇极不情愿地过去照顾，这时矛盾算是彻底爆发了。媳妇一天天抱着手机玩，也不知道到底是谁照顾谁。新平小弟直接起诉离了婚，十几万的彩礼也不要了，只求快些解脱，看来心确实是凉透了。

新平弟再娶的媳妇还是外乡的——要路沟的。巧合的是，她姐姐是新平高中的同学。因为她爹死得早，妈又半身不遂，姐姐大学毕业在沈阳工作，也抽不出身来，照顾家里的任务就落到了她的身上，这一照顾就是七八年。女孩也“官宣”了，她得照顾她妈一辈子，若不答应这个条件概不考虑。这在别人家看来实在是带了累赘，不然也不会耽搁成老姑娘了。新平家却认为这是美德，心里是给她加了分的。

一切都很圆满。结婚第一年就生了女儿，三年后生了儿子。

辽西最大的一条河——大凌河，就从大杖子村西头流过。

新开岭是辽西地势最高处，也是大凌河上游。大凌河属于季节性河流，夏季水势最大，春冬季则完全断流，只剩一条干河套。村里人都称这条河为“老河套”，估计没几个人知道它真正的名字。其实新平也是长大后，才知道这条河叫大凌河，是辽西最长的河，最终流入渤海。一到入夏，每当大雨之后，村里人便不约而同地走出村子，来到“老河套”看猛涨起来的浑黄的水。

水里是有鱼的。新平家住在村西最南街，条件得天独厚。有时发水是夜里，或是凌晨，水涨得快，退得也快，好多鱼便留在了岸上。爹提着桶，很快便有小半桶鱼了。鲫鱼最多，大的可有半斤多；也有大鲇鱼，跟蛇一样的，长着两根长“胡须”。每到此时，村里人便三五家结伙，用石头垒起“八”字形的坝，顺着水流方向，逐渐收窄，只留几十厘米的出水口。在出水口处，下上渔网，便坐等收鱼了。因为担心混账的人把鱼偷走，便始终有人守着。其实那个时节人也确实是闲，一到夜里，三五堆篝火，聚着大人小孩，欢快地聊着。

西山，也位于大杖子村西头，所以得名。

说是山，其实就是一百多米高的一道岭。岩石是暗红色的沙砾岩，不但看相不好，且不够结实。一般来说，村民盖房是不用的，只是用来围院墙，有几户家境不佳的，为了省钱，盖房也用。

围院墙的石头都是村民自己崩。点炮前，炮手会大声地吆喝："放炮喽——放炮喽——"如此几轮，确认没人路过，便点炮，迅速躲在大岩石后。一会儿，浓烟升起，再几秒，炮声响……新平和一群小伙伴便跑过去，在岩石堆里扒拉他们称之为"软弦儿"的东西，其实就是雷管上用的细细的电线。

某一天，大家都传疯了，说是西山出了"西天取经"。全村的人都跑去看"西洋景"，比赶集还热闹。其实就是在崩完石头的岩壁上，有几条淡淡的白色的脉络。不知哪位好事儿的大神路过山脚时，将这岩壁多瞅了几眼，顺嘴说了一句"这影影绰绰的，挺像西天取经的……"于是乎便传开了。

附近几个村子听到消息，不少村民也携家带口地过来看热闹。新平也跟着一群孩子，边端详边听几个大人一本正经地品头论足，"这个是孙悟空""那个是猪八戒……"旁边就有人一本正经地点着头，不住地"喔喔"。新平惊讶地看着，就如同看"皇帝的新装"一样，确实一直也没看出个一二三来，不免暗暗地埋怨自己悟性不够。

初始那一周确实热闹，村里一些神道道的人，竟还在西山脚下上起了香。可没过多久，那些人的热乎劲儿就过去了，因为确实也没有什么，就如同一条床单被人撒了一泡尿留下来的印渍，仅此而已。

随着几声炮响，一切都烟消云散了……

第二章 静水深流

这是一条历史的河，
裹挟着无尽的寄托、情怀，缓缓流淌。

新平现在想来，觉得家里的成长环境还是非常宽松和开明的，只要不是旁门左道，家里一般不会反对，甚至还会支持。

新平打小就爱跑爱动，搬到村南边的新房后，门前是一马平川的大原野，他就更加疯狂了。不知怎么的，他看了几次电视直播的足球赛，便迷上了足球。家里没有条件买足球，妈就给新平做，厚厚的布，塞进棉花，“足球”就做好了。每天一群小孩子跟着新平在野地里摔摔打打。直到高中，新平才自作主张在县城买了个小号篮球，当作足球来踢。

村里人都像看怪物一样看着新平，新平爹也说这样怎么能考上大学呢？不过他也就是说说而已。

在乡下人看来，新平不但奇怪，而且“不务正业”，于是大人都看管着自己的孩子，不叫孩子找新平玩。新平就一个人玩。

村子的西南有好几个场，秋天打粮食用的，恰好成了新平专属的运动场。捡粪的老头常会把粪篓子一撂，旱烟一点，坐在一旁看新平。新平就更加卖力，把球踢得有杨树梢那么高，老头的脑袋便随着足球的“上天入地”，夸张地上下动着，老头的嘴巴张得大大的，脸上挂着猥琐的笑。新平就愤愤的：也不知道到底是谁“不务正业”，到天黑还捡不满一篓子粪，回家老太太还不抽你丫的。

西头的几家老娘们儿也经常聚集在一起，远远地站着，指指点点，看那欢乐的表情好像在品评着怪物。

总有她们不新鲜的时候，渐渐地，新平和新平的“足球”成了村子天然的一部分，不管寒来暑往，始终都有他瘦小的影子孤单倔强地在那里纵横驰骋。

当新平考上大学的时候，村子是彻底地轰动了。在她们的眼里，踢足球也成了新平不凡的某种征兆和印记。不光西头南头，东头北头的孩子们也被他们的老娘逼过来了。

“找你新平哥玩去！”成了整个村子老娘儿们的口头禅。她们想，自己的娃跟着榜样混，总不会差的。

20世纪90年代，中专还是很热门的，因为在中专上学的学生可以早早毕业，分配工作，所以中专的录取分数比重点高中还要高。但有个规定，报了中专，第二志愿是不能选重点高中的，故而新平来到了建昌三高。

当年，建昌三高还在喇嘛洞镇，离新平家约有四十千米，路过孔台子、白杖子、王杖子等十几个村子。

1992年，新平刚去三高的时候，还有饭堂，吃饭需要饭票。

饭票是用家里背来的高粱米，按米的等级折换的。饭票是塑料的，大概是一角纸币的三分之一大小，有五分、一角、两角、五角的面额。一到吃饭的时候，新平和同学们就排队打饭，打好饭后，一起抱着饭盒来到饭堂外边的空地，三三两两或坐或蹲，就跟工地的农民工一般，大地为席蓝天作盖，根本没那么多讲究，也从未觉得有什么艰苦，有说有笑自在洒脱。《平凡的世界》中，孙少平在学校吃饭的场景，就是他们的真实写照。

后来学校要翻盖饭堂，学生们就开始自己用饭盒蒸饭。

学生们每次都是从个人带的米袋里捧出大约两三捧，放在铝质的饭盒里，然后在锅炉房前一溜的水龙头下淘好米，再摆上学校墙头，由墙外的农户收去用大铁锅来蒸。一次收五分钱，一般是现金，饭票也行。到饭点儿，蒸好米的饭盒便又被摆上了墙头，各人取各人的。大多时候，大家蒸的都是高粱米，偶尔蒸一次玉米或是小米改善一下生活，有一两个家里条件好一些的，偶尔会有大米。菜呢，基本是没有的，大多是从家里带的咸菜疙瘩。没有油水，不消化，那时新平经常吐酸水。如果能有一小罐头瓶用荤油炒过的咸菜，再夹带着几块肉，便是人间美味了。

后来有附近的农妇自己家里煮了菜，推到学校门口来卖。一般是一毛一勺，好一点的菜，有肉的，两毛一勺。还有卖烧饼的。

高三的时候，营养跟不上，大家就从家里带鸡蛋，到学校冲蛋花汤喝。

一般一周或两周，同学们都会回家一次，火急火燎、欣喜异常，其实就为了赶回去好好地吃上一顿，解解馋。

门卫是老张，听说是县长同父异母的兄弟，整天风风火火的，嗓门又大。他工作起来倒是认真的，有一次，公安局的领导没有打招呼，直接开车进来了，老张大门一锁，就是不让出去，谁说都没用。

新平和几个调皮的同学很喜欢老张种的菜。菜地就在新平班级这一排教室的北边窗户底下，地方还不小。老张确实是侍弄菜园的好把式，菜的品种也多，豆角、茄子、黄瓜、大葱等，都长势旺盛。新平他们就时不时地偷点儿，或蘸酱吃，或蒸着吃，算是改善生活了。老张也知道，大多时候也不吱声，就是被祸害的猛了，便对着空气胡乱吵吵几句也就罢了。

1995年，新平上大学的时候，妹初三，小弟初一。

新平爹一看，单靠种地卖点儿粮食卖点儿菜也供不起娃们了，当队长也是白忙活，收入太低。跟新平二姨父一合计，两人决定倒腾点儿蘑菇做点儿小生意。他们也没敢多收，一人收了两百块钱的蘑菇，结果还是让人用低价蘑菇冒充高价蘑菇给骗了。

首次做生意便出师不利，新平妈就絮絮叨叨的，新平爹便就此打住。看来不熟悉的行当，还是不能碰的。

新平爹会杀猪，一到过年，村里找他杀年猪的人便排着队找新平爹帮忙，新平爹纯粹是帮忙，顺便捞一顿肉吃而已，也没指望着靠这个手艺赚乡亲们的钱。

蘑菇没搞成，新平爹就琢磨着靠杀猪手艺卖肉赚钱。

第一头猪便是村东头的。人家把猪赶进屋里让新平爹估价。新平爹坐在矮矮的炕沿上，瞅着猪在屋子里转了几圈，又用手按了按背，便估了价。赶到家，一到自家的大院子，新平爹就开始犯嘀咕：这猪怎么原先看起来那么大，现在这么小啊。杀完一称，傻眼了，就是把猪头猪杂碎全加上，足足得亏四百多块钱。那可是20世纪90年代啊，新平爹和妈就厚着脸皮上门求人家在价钱上让点儿，结果可想而知。

做生意不是那块料，爹便央求一个在沈阳打工的本家，要求跟着人家一起去铁西的纸板厂上班。

到新平毕业的时候，爹已经成为“带工”两年了。

也没打招呼，新平对着地图摸索到厂大门时，恰好新平爹车间的会计小妹在门卫室办事，就把新平带了进去。

厂子挺大，在一个二层的楼上见到了爹。屋里是十几张双层铁床，一个紧挨一个。爹的铺盖在一层，小弟那时也初中毕业了，跟爹打工，铺盖挨着爹。工人们都在上工，爹是带班的，不用上工，管管人，时不时地在车间巡视巡视即可。

新平爹手下带了二十多人，都是左近庄的，沾亲带故的人多。毕竟那时能在城里工厂找份工作，还是不简单的。

爹带新平参观厂子，他们先去了废纸造纸车间。

工人用人力三轮车把废纸皮从外边堆场拉进车间，卸下。两个工人把废纸包一边用刀割断捆绳，一边丢上传送带。二楼看轧浆机的——一般都是原工厂的工人，也不用出体力，就是或坐或站，守着便可。纸浆出浆后，进入过滤池，新平爹带的工人用耙子似的工具，不断地搂，把渣滓等杂质滤出来。最后便是造纸了，纸浆进入一排轰鸣的机器后，纸浆成了纸，纸又被卷成了巨大的卷，有半间房子高。

轧布车间是很脏的，机器一开，尘土飞扬，相隔半米便看不清人的脸。工人站在机器两边，把旧衣物等。抱着放上传送带，不断地用手理着，以便能顺利地进入轧机的窄口。

轧布的活儿虽然更脏更累，但大家都爱干，操作时精神高度集中。因是旧衣物，渠道就各种各样的，如果是死了老人的，家里一般不检查就扔掉了，兜里面难免有被忽略的纸币、金戒指等物。新平爹说，有次就是没有留神，好大一叠钱被绞成了一堆碎纸屑，直到现在大家一提起都不免长吁短叹，心疼不已。

每周清理轧浆机沉淀的废渣的时候，都会围着一大群人，每扬出一铲，大家立马冲上去仔细地扒拉。据说，之前光金戒指都捡了好几个了，那可是千把块钱啊，够工人两个月工资了。

饭是自己蒸的高粱米，菜是酱油拌黄瓜丝。

工厂不远的街道有菜市场，晚上收摊的时候，剩下的菜便宜，工人们花上一两块钱便可装满满的一袋子回来。新平在那几天也是跟工人们一起，天天高粱米饭、黄瓜丝、黄瓜片。厂里的小领导跟新平爹熟的，就说新平爹“老抠”，一个大学生儿子来了，也不领出去下一顿馆子，还说要不他请新平去下馆子，吃驴肉的饺子，到底也只是说说而已。

在车间，新平经常看到三两个少男少女什么也不干，就这么一天天地闲坐闲逛着，斯斯文文的，稚气未脱的样子，有的还戴着眼镜，新平颇困惑就问爹这是什么人。爹说：“厂里有十几个这样的娃呢，都是沈阳本地人，中专、大专或是职高的，家里托关系花钱才进来的。一个月拿几百块钱，啥也不用干，就这么干耗着。”

在吉林大学读书的时候，记得那年暑假回家，新平远远地便看到爹在门口徘徊，望到新平便十分释然，随即又有些心事沉重的样子。

这是极其反常的，与平时那个内敛不外露的爹简直判若两人，颇令新平无所适从。

从小到大，新平与爹都是甚少交流的，即使必要时，也不直接沟通，而是由妈来做传声筒。但爹是爱新平的——父亲那样的爱。新平其实也是感知得到的，只是不愿承认而已。平时身体不舒服，感冒发烧啥的，都是妈带着他看医生，爹甚至都不问一声，但爹佯装的淡定，却掩饰不住内心的担忧与焦急。

此次，显然他在门口溜达是专门为了等新平的，却佯装是在查看门口新栽下的杨树时不经意的巧合罢了。

新平到屋自然坐在炕头与妈聊聊家长里短，这半年里在学校的见闻，以及这一趟回家的行程。

以往爹是不会坐下来听的，这次却一边卷着旱烟一边迟迟地不愿离去，但烟始终也没有卷起来，以往娴熟的手法如今显得特别笨拙。

奇怪，妈的兴趣一直在新平的这次行程上，总是设法把话题往上引，且问得十分细致。

当新平谈到在沟帮子站时，上来几个残疾人。先是一个个的卖惨，这个胳膊怎么断的，那个大腿怎么没的，接着便挨个向旅客要钱，一块两块的还嫌少；不给的，就死赖着不动弹，甚至掏出刀子来比比画画。

妈和面的手立时停了下来，眼睛放光的样子："对了，这不就是血光之灾了……"

爹的脸也松弛下来，透着某种不易觉察的释然，烟也立马卷好了，出了屋子。

新平向来粗心，没有在意他们的反常。还是几天后，妈憋不住才透露给新平的。

就在新平回来的前一天，爹在自家门口的菜园子干活，这时不知何方的一个"江湖游士"恰巧路过，聊不上几句，便跟新平爹说你的儿子有血光之灾。

新平爹一向是不相信算命鬼神之类的，但由不得这老头说得邪乎，且有鼻子有眼的，甚至新平从哪里过来，啥时回来都精准得很，不由得你不信。再说这又涉及大儿子的性命，怎能心里不犯嘀咕呢？家里一直很穷，大学一年一千多的学费、生活费，还是从亲戚那东拼西借来的呢。爹跟妈一说，妈立时也吓得不轻，两人马上找“神仙”央求，救救他们的儿子。神仙说有两个办法，一个是一千块的，一个是四百块的。一千块的保证平安无事，四百块的只能保证性命无忧。新平爹妈好一顿央求，神仙才通融说是拿五百块钱办个平安无事的。

家里原本只有新平妈神道道的，成天烧香拜佛，为此新平还经常讥讽她。这次，新平却讥讽不起来，而且，会特意选择爹也在场的时候，跟妈大声地念叨自己是多么“幸运”，不知是哪辈子修来的福分，八百年都遇不到的一个“神仙”，倒像是上天派来特意来拯救他的。

爹和妈听了便十分受用，新平妈香烧得更勤也更虔诚了。奇怪的是，自此，新平爹却彻底与这些神道道的人拉开了距离。看来，爹是明白人，唯有妈蒙在鼓里。

当年毕业恰好赶上了不包分配，国家市场没准备好，新平也是满心惶惶，脑袋一片混沌。

新平当时都做了最坏的打算，如果找不到工作，便回家跟隔壁四叔学养牛。还算幸运，FH来长春招聘，他居然被选上了。广东，多么遥远的存在啊，出生在辽宁，读书在吉林，二十几年就没出过东北。这家伙可好，从大北边跑到大南边去了。

一到广州，天那个闷热难耐啊，但也压制不住新平的好奇心。坐着公司的大巴，手扒着车窗，眼睛根本不够用。哦，原来广东人就这样啊，额头突起、眼睛陷在眼窝里、又小又瘦……

那时是7月，恰赶上阴雨绵绵，回南天，新平根本受不了那个潮湿。洗的内裤，挂在阳台一周后还能挤出水，只能拿风扇吹。一共从东北来了一百多人，没几个月，因受不了这天气就走了一半。

骨子里新平还是想回东北的，广东的天气、文化等，新平根本就融不进去，但生活所迫，没法子。那时追新平的女孩不少，甚至还有“厂花”，但他压根也没那个心思。每年过年都回家相亲，就这样相了三年，也失望透顶了，家里催得还急，新平说自己在广东找吧。就这样，谈了一个广西的老婆，一切就如同做梦一样。

广东待久了，东北就回不去了。新平尤其不敢冬天回去，受不了那的干冷。以前呢，乡村还算热闹，后来迅速地萧条了，村里出来的人就越发不想回去了。那片黑土地，不再好好养育呵护她的儿女了。当年为了活命闯关东的后代，为了生活，再一次远离故土，南下。

读大学时，新平从长春回家，都是走锦州这趟线。到锦州后，转锦州到叶柏寿的慢火车，回建昌。

这是一条神秘而荒凉的线路，这是一趟有情怀、有无尽承载的列车……

魏塔线 4255/6 次列车，由锦州开往建平县城叶柏寿。1975 年开通，属于一条战备线路，沿途皆是崇山峻岭。全程三百多千米，十一小时，平均每小时四十千米不到，到建昌总共才两百多千米，竟要七个小时。

辽西深山里的这趟慢慢的火车，摇进了多少沿线的学子的梦，承载了多少外出务工乡亲的寄托。在这趟车上，你绝对可以让思绪肆意地飞翔。在这里，时间很慢，慢得可以令你完全忘了它的存在。一路的荒凉，一路的苍茫大地，一路的山大沟深，一路的深沉厚重……

听山里的乡亲讲山里人的故事，讲老辈的故事，讲当年和日本人打仗的故事……

经过了一个又一个小山村，一个又一个小城镇，破败而倔强，陈旧而厚重。

这不是一趟普通的列车啊，而是一条历史的河，裹挟着多少辽西学子、乡亲无尽的寄托、情怀……缓缓流淌……

在离山海关车站不远的一个路口，有一对老夫妻卖葱油饼，六块钱一斤。

新平本来就喜欢吃葱油饼，这对老夫妻做得更加好吃，或许他们有独特的配方和手艺吧。从此，新平思乡的情怀里便有了他们的葱油饼。以后回家，都是在山海关暂住，然后迫不及待地找寻他们的身影。他们准会准时地在那个路口出现，如一道剪影，新平心里就莫名地温暖踏实。

从山海关到秦皇岛还有一段不短不长的路。新平从没有打过车，都是坐摆渡公交，不为别的，只为省下那三两块钱。

从秦皇岛到新平家，需要大约 5 个多小时的路程。

汽车基本都是在青龙满族自治县的崇山峻岭间蜿蜒前行。

车内人人吞云吐雾，乌烟瘴气，看不清脸。

新平在旅途中是懒得带东西的，除非绝对必要，总是简之又简。

习惯就这样养成了。他是下雨时，频频被淋的那位。

但，东北大酱例外，新平每次回家，什么特产都可以不带，只足足地装上它，吃上大半年。有时新平老婆单独回东北，根本不用交代，新平的妹妹早已买好几大袋，摞在了家里的柜上。

小时候，家家都会做酱。

把黄豆炒熟，磨成粉，和成方方正正的大面块，摆在炕梢儿发酵。发酵好之后，放在簸箕里捣碎，用大缸盛上，兑上盐水，罩上细纱布，放在屋檐下或墙根旁继续发酵。一段时日后，揭开纱布，酱香扑鼻，刮去表面厚厚的一层白浆，便可以吃了。

大葱、黄瓜、生菜、野菜、干豆腐……蘸上大酱，便是东北人最喜欢吃的爽口的美味。吃起来声音“咔嚓咔嚓”的，听着都会胃口大开。

新平爹最喜欢东北称之为“苦马子”的野菜。

以前穷苦的时代，家里很少有菜吃，这些野菜便是美味。那时，一到春夏季节，漫山遍野随处可见挎着篮子挖野菜的人，孩子居多，大人也不少。野菜不光人吃，更多是喂家里的猪和鸡。

日子好了，挖野菜的人很少了，新平爹这一口却改不了。故而，新平的女儿、姑家的表妹们，便一篮篮地挖来，提给爹吃。

冬天，新平爹最爱吃白菜蘸酱。尤其把包在外边的老菜帮子扒掉，不嫩的也扒掉，只剩下菜心，吃在嘴里，冰凉爽口嘎嘣脆。

印象深刻的是，夏天里，酱碟、酱缸中，白色的蛆在蠕动。

后来，渐渐地，或许嫌麻烦吧，几乎没有几家再做了，都买来现成的袋装的吃。

离开东北了，在东莞待了这么多年，新平仍是每顿离不开酱，超市里的豆瓣酱、辣椒酱、甜酱之类的，新平虽买了很多，但都不稀罕，还是东北大酱吃着够味儿。

不知这是不是也是一种情怀，反正，深入骨髓变不了了。

在新平的记忆里，在东北，除了过年，就属做黏豆包最让孩子们期待了。或许是持续的时间长，或许最是热闹和有人间烟火味儿吧。

做多少，都是按斗算的。家里人口多的富裕些的就多做几斗，人口少或是经济差些就少做点儿，东北通俗称为“淘几斗米”。其实也没错，确实是淘的。一般是黄玉米糁、大黄米、小黄米，按一定的比例掺好，然后用水淘洗一遍，装进敞口的大大的圆圆的约二十厘米深的筐子里，底部垫上一层厚厚的纱布，放在火炕上炕个八成干，之后，装进袋子用小车推着到村头的磨米房去磨。人很多，得排很久的队，于乐观开朗的东北人来说，正是凑热闹侃大山的好场所。磨的时候，一般会加入一定量的姜黄，这样做出的豆包才黄灿灿的，好看。

几乎都是集中那半个月做，所以单是家家去预定人就够热闹的。用乡亲们的话来讲，那些天“老娘儿们就不够用了”。

基本的分工是，妇女们做，男人们从炕桌上拿，排在“坪地儿”（将高粱秆的顶部那一段用麻线捆扎而成）上，摞上四五层，灶台套着粗粗的稻草编制成的圈，大铁锅作盖，扣得严严实实。灶坑劈柴烧得旺旺的，一锅一锅蒸，足足蒸上大半天。土炕烫烫的，不但屁股不敢挨，就是脚丫子站一会儿也受不了。

做豆包时自然也是信息汇集的时候。政治是不谈的，张家长李家短，猫拿耗子狗下崽，这些才是主流，笑也笑得爽快。所以村里那几个“万事通”就颇受欢迎，家家都抢着请。

越是乡下的闲人越是让人觉得不可理解，总是关心别人家比关心自己家更上心，越是他们认为刺激的小道消息，越是打听个底朝天。

在东北，这时自然也是“保媒拉纤”的好时机，谁家小子如何，谁家姑娘带劲儿，总不免品评一番。

打红点儿的活儿自然是孩子们的。做豆包，是东北为数不多的各年龄段都参与进来的“节目”。孩子们的脸蛋也打满了点儿，红红的，特喜庆。

做完豆包后，一般还会包饺子，主人会好好地炒上一大桌子菜来招待客人。这个时候，任何一家主人都不敢懈怠和应付的，除了品评谁家的豆包如何，谁家炒了几盘菜、菜好菜孬，都是会被拿来比较的。在好客的东北，这是“人情”的重要组成部分，甚至会影响到儿女的嫁娶喜事。

客人散尽之时，堆积在院子里的豆包，也如石头般坚硬了。将豆包排好，将豆包一个个放进大缸里，够吃一整个冬天了。

新平的女儿今年上高二，十五周岁。

在女儿刚刚满一岁的时候，新平和妻子就去了广东，把她留在了东北，由奶奶来带。

谁想，这一别便是十几年。从此，女儿在东北静静地长大，他们在广东为生存而忙碌奔波。相聚的时间很少也很短，一般他们都是赶到过年才回家待几日，年还没过完，便又匆匆离去，继续各自的生活。女儿五岁的时候，儿子也出生了。那时新平妻子辞工专门带儿子，新平一个人挣钱养家。新平在一家台资厂上班，做一个工程师工资太低，算上加班费也就四千多，仅能够维持家庭的基本开销，儿子的奶粉也不敢买贵的。最艰难的时候，老婆儿子接连生病，新平还得请假照看他们，唯一的一点积蓄也消耗殆尽。整个生活过得是捉襟见肘，举步维艰！

就这样坚持了六年，儿子上学了，妻子也开始上班，这时，新平才能喘口气。那时，连回东北的车票对他们来说都是巨大的负担，因为这份难以启齿的窘迫，他们整整五年没有回东北看过女儿。

时光是不会停下来等他们的，女儿就这样一天天地长大了，她长大的每一天，新平和妻子都不在她身边，没人能体会到作为父母的心有多痛……

女儿还是非常争气的，自打上学，成绩始终第一，奖状贴满了爷爷奶奶的墙。女儿的作文获得辽宁省第一名的时候，女儿以第一名的成绩考上中学、考上高中的时候，他们的幸福、欣慰与心酸无可名状。

新平永远忘不了女儿的那通电话，那是在女儿上小学的时候。

“老爸，闺女给你和老妈挣钱了，过年你们可以买票回家了！”电话那头是女儿非常激动的声音。

“什么？挣钱了？你怎么挣的钱呢？”

“学校今天给每个留守儿童都发了二百块钱……”

霎时，新平的心刺痛无比……

女儿在电话里说，她四爷娶了新的四奶，敲锣打鼓大操大办进的门。

女儿说的这位四爷，新平是叫四叔的，比新平年长十几岁，同住在前街，且是邻居。他姓樊，新平姓洪，虽然不同姓，但一个村几代人居住，论起来，难免都有点关系。村子里百来户人家，村东主要是郭姓，村西主要是洪、樊两姓。新平的奶奶便是樊家的，所以整个樊家便是爹的舅家了。四叔同新平爹平时也以表兄弟相称。巧的是，他们两家原来在后街住时，便是邻居。

爹与大伯未分家时，新平还小，四五岁的样子吧。因天生脾虚，新平经常拉肚子。四叔的爹，新平叫舅爷的，颇懂医道，擅长针灸。因家里穷，新平去不起医院看不起病，拉得严重的时候，新平妈便带着新平找舅爷“扎针”。就这样，新平的命保住了。

舅爷因病突然离世的时候，新平大概也只有六岁，记得那几天姥姥也在新平家。新平拼命地拉妈妈去哭灵，妈妈就扭捏，毕竟不是亲戚或亲近的家族。新平死活不干，却也说不出来啥，但新平知道他的命是舅爷保住的。姥姥后来也站在新平这边，劝新平妈去哭一下。新平妈这才拿张手巾，捂着嘴巴，半拉着脸，从自家门口，一直哭进了舅爷家的院子。

四婶心直口快，干事麻利。平时因新平家的鸡到她家鸡窝下了蛋，她家的鸡啄了新平家的菜，诸如此类鸡毛蒜皮的事儿，两家多有龃龉，不算亲近。其实，从根本上来讲，还是因为两家都太穷，所以计较。但不论如何，四婶对新平女儿是十分怜爱的。后来，经济状况都越来越好了，少了类似的计较，两家的关系也就越发亲近。平日里，新平妈就爱带着新平女儿到四婶家串门。新平女儿学习好，四婶逢人便夸，就当是自己的亲孙女一般。

四叔四婶也算是村里的模范夫妻了，始终形影不离。一起下地，一起放牛，一起蹲在羊圈照看刚出生的小羊羔……原本一贫如洗的日子，就这样兴旺了起来。唯一的儿子，也在北京站住了脚，开了家制作塑料瓶的小公司。

然而天有不测风云。前两年，四婶身体出了状况，据说是不治之症。从医院回来，便每况愈下。每回有人来探视，便哭天抹泪一番。去年，四婶还是走了。只留下四叔一个人，赶着羊群，在辽西的大山里孤独地游荡……

这回，新平听女儿讲才知道四叔又新娶了个四婶，人家非要大操大办方进门，于是四叔便请了村里的鼓乐班，着实热闹了一番。在遥远南方的新平，不知是该为四叔高兴呢，还是该替逝去的四婶惋惜呢？

女儿告诉新平，现在她不再去四爷家串门了，不是这个新四奶对她不好……

是什么，新平懂。

在新平的人生里，最大的一个缺憾，或许就是从没有真正地感受过父爱。

留在脑海里的，始终是爹凶神恶煞的脸。记得小时候，爹和妈一起干活，总是呵斥妈又笨又慢。而新平一直长得瘦小，也没力气能帮上什么忙。妈对新平三兄妹很是宠爱，所以他们必须得设法帮着妈，让她少受些责骂。新平记得最深刻的就是自己拿着锄头，钩上铁桶的挂钩，帮妈妈从井里提水浇菜，爹来打垄。因为如果是爹来提水，笨手笨脚的妈根本忙不过来。后来新平上初中了，一个人就能提水了，一口气能提三百多桶，快得很，为的就是赌气，让爹也打垄打不过来。最终，新平做到了。

对爹，唯一值得新平回味的几个片段，就定格在几个瞬间。

一个是，新平出车祸滚下山坡，醒来时，爹把他放在公路上，看能否站得住、是不是摔断了腿。接着就是抱着新平，飞快地跑着，穿过玉米地的小路，赶去卫生所……那一年新平六岁。

还有一个是，夕阳西下的黄昏，当炊烟升起时，新平到西边的菜园，对正在劳作的爹喊："爹，吃饭了。"爹也不应，慢慢地收拾农具回家，两人一路无语。那一年，新平十二岁。

最后一个，始终历历在目，就是去长春上大学。爹一路帮新平背着箱子，脸上没了冷漠，洋溢着几分温馨。为了省下住旅馆的钱，当晚爹就在新平的宿舍里，同新平睡的一张床，盖的同一床被子，可一整宿两人也没有说一句话。早上天一亮，新平爹就赶火车走了，新平送爹到学校大门口，问他知道怎么去火车站吗，爹说知道。之后两人再也没说一句话……

记得小时候，看到别人父子聊得热乎，相互递烟倒酒的，新平就又羡慕又失落。新平的记忆里，始终充满着爹对妈的呵斥，爹对新平的凶神恶煞。每次生病的时候，只有妈无微不至地照顾自己，爹连句关心的话都没有。那闪亮的晃动的杀猪刀，是新平一辈子也解不开的结。

在广东上班时，新平与东北的女儿视频，爹假装什么也没发生，淡然地坐在炕上看电视，头都不会歪一下。渐渐地，爹开始试图打破这种僵持。爹先是旁敲侧击地插几句话，见没人搭理但也没人反感，干脆就凑过来伸个脑袋，在镜头前晃荡几下，随便问几句。再到后边，干脆就搬个板凳坐在孙女旁边。其实，新平对爹心里早已没有了任何的怨恨，只是习惯了，再也张不开嘴叫那一声“爹”了。

其实，在乡亲眼里，爹也确实是不凡的人。

爹从没房子借住在别人家开始，在自己的努力下，亲手盖起了四间崭新的大瓦房，还是村里第一批买黑白电视的、装电话的、外出打工挣钱的……

当然，新平这个儿子更进一步。新平是村里第一个考上大学的，而且还是吉林大学，这是足以让家族那不知在哪个旮旯荒废的祖坟爆炸的荣耀啊。

奶奶死得早，新平爷本来就不会过日子，又拉扯五个孩子。整天不是庄稼地里洒汗，就是满村子地借粮食吃。

“偷”是见不得光的，可在某种特殊时期却是“本事”甚至是“美德”。树是集体的，不偷你就盖不了房；除了自留地产的、缴完公粮剩的那点儿是你的，不黑灯半夜地淘弄点，一家子人就得饿肚子。

幸运的是四个孩子都不孬，都是“偷”中豪杰，因而他们便开始吃饱饭了。除了爹，另三位“偷”的技能完美地保留到了今天，且日臻娴熟并光荣地传给了下一代，而下一代大有“青出于蓝而胜于蓝”的趋势，也不知这是好事儿还是坏事儿。

新平见识爹“偷”的功力还是刚开始单干的时候，当然也只有那一次。

那天跟爹去山里砍柴，回来的时候，爹推着车走在曲里拐弯的乡间小路上，新平则陶醉于青纱帐的美景。

突然，爹撂下了手推车，飞快地前后瞟了两眼，倏地钻进玉米地，随即一阵噼里啪啦狂风卷落叶。也就半泡尿的工夫，爹出来了，抱着满满一臂膀的玉米棒子。

新平亲眼见识到这些，除了一时惊诧，对爹的评价没有丝毫的改变。爹从来就不是高大的神圣的，他就是一个普普通通的父亲，一个有些“自私自利”的小农民。他的猪多了两斤玉米棒子吃了，哪里会考虑别人的猪便少了两斤呢？爹或许心里正在暗暗高兴呢：为家族兴旺的大业又添了一根羽毛。当然，爹永远也不会想到这么有“意义”的一层。

父母老了，在新平这个长子面前，却越发把自己卑微到土里，不敢直面新平的任何未知的情绪，战战兢兢地呵护着他们之间脆弱的平和。

当新平辗转知道父母在打听他在外边过得好不好，工作如何，啥时回东北看看，霎时便泪目了。天下没有有错的父母，这个世上的所有纷繁错乱他们都可以毫不在乎，他们只关心他们的孩子过得好不好。如果父母不小心带给了孩子们所理解不了的伤，这个伤也是爱的伤。但，伤可以淡忘，倔强却成了性情，时间可以解决大部分问题，但不是全部。有些事儿，不管沧桑了多少岁月，或许只有回到原点，重新做你的选择，才会抚平那个疤。

或许新平是选择了，宁愿背负他对女儿一辈子的愧疚，去弥补他对父母一辈子的愧疚吧。

女儿不只是女儿自己，她还带着她的父亲——她爷爷奶奶一直引以为傲的大儿子的影子啊。所以女儿一直在遥远的东北孤傲地成长着，而新平这个做父亲的，却始终也没有鼓起勇气把她接到自己的身边。那次有意的试探，父母那深入骨髓的失了魂般的痛，立即打消了他所有的幻想。

女儿，是新平带给他们唯一的能寄托如自己一样情愫的礼物，没错，是礼物……

而他，这个冬天，这个大地苍茫的冬天，还是不能回去的。

大舅家表姐与新平同岁，只大新平几天，从小学到中学始终一个年级，还始终是一个班，如魅影一般，顽固地压榨着他的自由和快乐。

两家离得近，新平大舅同新平妈关系又最好，所以，时不时大舅和姥爷就溜达过来，慷慨又激昂地跟妈说新平在学校是如何调皮，不好好做练习之类。显然，这是表姐的杰作，她也热衷这样做，毕竟动动嘴皮子，便能调动两个大老爷们置新平于尴尬的境地，想想都激动。

新平妈是淡定且礼貌的，她是懂新平的，从不给他施加什么压力。

新平爹却是急性子，嘴里嘟嘟囔囔的，横竖瞅新平不顺眼。新平看到爹这样，也懒得搭理他。

只是，不管怎么样，新平的成绩始终是压表姐一大头。所以，越到后来，大舅和姥爷越发不过来了，甚至两个人过来办正事儿，都特别尴尬，辗转腾挪小心规避有关成绩的话题。真不是他们的风格啊。

在初中的时候，有两个女孩跟新平表姐是死党，都是南边山沟里的。一个个子高高的，长相一般，眼睛却含情脉脉会说话的那种；另一个中等身材，长得干练标致，说话声音敞亮。

虽说是亲表姐，他们的关系却一般，甚至表面的客套话都懒得敷衍。

不是因为别的，只因大舅家是富裕的，而新平家是贫穷的，他们不是一个“阶级”。表姐有她的小圈子，新平有新平的更大的圈子，毕竟如他家状况的家庭占大多数。不是说学校就是净土，社会势利的文化同样在这里根深蒂固，班干部几乎都是家境好的。毕竟是亲戚，虽说表姐也是班干部，至少新平的矛头不会明显地针对她。所有的“阶级”的“仇”与“恨”，便被新平他们疯狂地发泄在那一两个男班干部身上，有几个“二愣子”甚至被他们鼓动着，半路截着那个讨厌的矮胖子班长，将他狠狠地揍了一顿。

表姐那个高个子的死党，她家所在的村子居然紧挨着新平老姑家的村。她若出山，是必须要路过老姑的村子的。平时新平还就喜欢到老姑家玩，所以时不时地就会碰到表姐的那个朋友。

因了表姐的关系，他与表姐死党之间也不免客套。那时人还是蛮封建羞涩的，尤其是新平，与女孩子说不上半句话脸便会红到脖子根。这姑娘倒十分大方，眼睛弯弯的，嘴巴也甜，一旦碰见新平就是好一阵儿的缠缠绵绵、喋喋不休，搞得老姑村里的人都对他俩投来异样的眼光，经常凑在一起窃窃私语。新平脸皮薄，最受不得这个，之后便有意地躲着她。再远远地望见她蹬着自行车夸张地扭动着屁股进了村，便赶紧溜进老姑的家里不出来。谁想，她与老姑是熟识的，性格也差不多，都是交际花。她一旦看不到新平的影子，干脆就下车停在门口，朝院子里的老姑打招呼，两人就这样一来一回地应承起来。一边，她的眼睛流转着在院子里寻觅。

偏是“冤家路窄”。在班里，她的座位恰好在新平的后面，时不时地便以问问题借东西为由头借以说话，增加和新平亲近的机会，弄得新平颇不耐烦。但细品起来，内心深处竟有某种悸动似暖流般流过新平的心。

其实，朦朦胧胧的，新平是更喜欢表姐另一个死党。后来回忆，更多是因为他们都是语文学得好、作文写得棒，倾慕自然就多了几分。不过她在见新平的时候，总是一副云淡风轻的样子，所以新平也就一直怀疑人家是不是对自己不感兴趣。

时间过得飞快。再见她的时候，是新平上大学的那个暑假，去大姑家走亲戚。大姑家的小表妹读小学四年级，一直夸她们的语文老师如何如何棒，新平也就听听并没有在意。

大姑家临近马路，那天表妹放学回来，突然指着马路方向对新平说：“看那儿，那个就是我们语文老师！”新平定睛一看，熟悉的身段与面容，还是那个波澜不惊的样子，只是多了几许沧桑和沉稳。他们并没有打招呼。以后只要有机会到大姑家，新平便准时地等待她骑单车缓缓而过的身影。

又过了许多年，新平被表姐拉进了中学班级微信群。她主动加了新平，并说当年是如何地暗恋新平，那一刻，新平的心是第一次产生了真正的不可名状的惆怅。

大舅有好几个外甥，但貌似只有新平是唯一的一个时不时地可以看得见摸得着的，也是整个大北沟最熟悉的外甥。这或许与两家住得近，且新平妈与大舅挨着出生，在家里时两人就比较谈得来，关系更亲近有关。

其实，或许更是因另一个原因让其他的外甥对大舅敬而远之，那就是大妗子那张冷若冰霜的脸，和大舅家相对优渥的家境导致的压力。

新平大舅的岳父是乡里管司法的。

大舅是老师，算是公家人。全家人体体面面的，吃喝穿戴都有档次，与庄户人哪里是一个世界的。新平却不同，首先不懂看什么眼色，没心没肺的那种；更主要的，大妗子喜欢新平，在她所有的外甥中，她的笑脸只为新平绽放。

新平打小就机灵讨人喜，才五六岁的时候，回姥姥家就会被村里人包围。一百以内的加减法随便考，新平往往是脱口而出，出题的却是没算明白，半晌了才怔怔地红着脸说："对——"神童的名声于是乎就这样传出去了。

表姐是女孩子，所以到大舅家，新平几乎从不跟她玩，"封建"是种在基因里的。

三姥爷家跟大舅家是邻居。在新平眼里，三姥爷家跟姥爷家也没啥区别，那时大家族很亲近团结，走动得像一家人似的。三姥爷家有三个舅舅，一到大北沟，新平大部分的时光都是跟他们厮混。

与二姨家差不多，都是一堆男孩，多巴胺无处释放，家就是演武场，动辄就劈头盖脸地打成一团。啥都要攀比，偏一点都不行。经常看到三个舅舅坐在饭桌旁，每人手里捧着一大盆青椒，蘸着酱"嘎吱嘎吱"地吃；或是人手一瓢青枣，盘腿坐在炕上，

“嘎嘣嘎嘣”地嚼。三姥爷老实、话不多，除了每天出去捡粪、给骡子割草，在家就悄悄地蹲墙根吧嗒几根旱烟，哪怕是家里房子塌了也是不会吭气的。三姥是个干瘦干练的小老太太，梳着髻，整天嘴里嘟嘟囔囔的，不住地抱怨；动作也敏捷，只要她操上烧火棍子，就不知哪个倒霉蛋会结实地挨上几下，然后鬼哭狼嚎好一阵儿。

三个舅舅都是特别喜欢新平、照顾新平的。家里有啥好吃的对新平绝不吝啬，也到处给新平淘弄，大枣、苹果、犁……凡是村里有的，没有搞不来的。

山上有一种野草的根，甜甜的，他们经常挖来剥给新平吃。常常因为要先吃谁的，打成一团，获胜者就优先占用新平的嘴。

成年后，三姥爷家大舅闯了“关东”，投奔黑龙江的二姥爷，在那旮旯安了家。在新平上中学的时候回来过一次，带着很漂亮的媳妇。可惜没几年，村里人就得到他猝死的消息。二舅是体育考核第一名当的兵，一直在部队里也很少回来。退伍后，据说是卖什么假药，坑害了许多乡亲，就更没有脸面回来了。三舅一直在读书，到高三，新平都撵上他了，等新平考入大学，他还在复读，到底还是没有考上大学。之后就经常跟新平爹搭伙儿，到北京、沈阳、秦皇岛的工地打工。

三姥爷是三舅结婚前一年走的。那是个夏天，在一个坟地旁的空地上，睡着了一般，后背是满满的一背篓青草，左手里还掐着待点的旱烟，右手握着打火机。

大姐是新平大姨的大女儿。

直到现在，新平仍是觉得和大姐是最像最投脾气也是最相互怜惜的。

大姨家在山沟沟里，人口又多，粮食不够吃。所以，大姐读了几年书后，便一直待在新平家，直到谈婚论嫁的年龄。大姐主要的任务就是照看新平，就如同新平妈的亲女儿——他的亲姐姐一般。但名义上是照看新平，其实也是给大姨家省下一份口粮，新平妈也乐得帮衬一下。

大姐长得漂亮秀气，不爱讲话，内敛而敏感。听妈讲，新平小时候因为调皮，常会擦伤破皮打坏东西啥的，妈并没有责怪大姐的意思，大姐却会自责不已，有时甚至饭都不吃。毕竟在别人的屋檐下，哪怕这个别人是自己的小姨，谨小慎微低声下气也是必须的。

大舅爷家，就在紧邻新平家的后面的街。大舅爷有两个儿子，也就是新平爹的表兄弟，大的新平叫大伯，小的新平叫二叔。

大伯已经成家了，在农场里开拖拉机。二叔在部队当兵。

那时当兵还是令人非常崇拜的，何况二叔人又帅又能说会道。大伯更是嘴不离二叔，走到哪儿吹到哪儿，亲戚们的耳朵早都被磨出了茧子。听得最多的便是："又多了一道杠了，官又大了。"老百姓又不懂，听他吹得邪乎也是信的。后来新平读高中了，记得与妈重又谈到此事儿，便笑得不行："兵龄增加一年便加一道杠，大伯也是真能忽悠……"

临复原那一年，家里便张罗给二叔说媳妇。

大姐一直在新平家，村里人都熟悉，便被舅爷舅奶看中了，舅爷舅奶就托新平爹妈说这个媒。

新平爹妈自然乐意，亲上加亲。大姨家也欢喜。

相亲是在新平家。那天二叔穿着军装进来的，寒暄应酬热情而老道，还掏出一把糖给新平。大姐一句话也不说，只低头抠自己的手。二叔过来，捅了捅她的手臂，两个人便出到院子。也不知二叔意气风发地聊了啥，反正一切就这么自然而然了，大姐乐意，新平爹妈高兴，大姨家更满意。

变故是毫无征兆地发生了。

那时大伯上班的农场里有个姑娘，很会来事儿，嘴巴甜，能说会道，场面人，长得也俊，大伯便相中了，就想给他弟弟介绍。那时二叔和大姐都到谈婚论嫁的阶段了。大伯说："如果你不娶这个，咱们就断绝兄弟关系。"也不知是不是他们合伙演的戏。

到底，二叔与大姐的婚事吹了，娶了农场的一个"妖精"。

那时人传统，这对女方来讲是十分丢脸的事儿。虽然大姨家没有怪新平爹妈，但新平爹妈十分过意不去，出大门时头都不敢抬。舅爷舅奶过来安慰新平爹，新平爹一个大老爷们，委屈得当着几个孩子的面儿，眼泪吧嗒吧嗒地掉。那还是新平第一次也是唯一一次看到爹流眼泪。

大姐经此变故，更加内向敏感不爱讲话了。后来，有媒人介绍东沟的姐夫。姐夫人长得丑，与二叔简直天上地下，大姐哪里会看得上眼呢？但这大姐夫也是执着，干脆媒人也不用了，自己亲自一趟又一趟地跑，到大姨家就说上一堆绵软诚挚的话，甩些"情投意合"这般文绉绉有点肉麻的词儿。精诚所至金石为开，大姐最终还是答应了，大姨也乐意。新平想，大姐或许也是为了某种"避世"吧，那样遥远的大山沟才有隔绝感。

大姐夫兄弟多，家徒四壁，偏又重男轻女。大姐连着生了两个女儿，公公婆婆便没有好脸色，月子都没人伺候。二女儿刚生下来没多久，就被背着大姐送了人。还好，第三个生了男孩，大姐在家里才有了地位。

原本新平家与大舅爷家是最亲近的，新平爹与两个表兄弟也是亲兄弟一般，经此事儿后，永不来往。

为虚荣开始的多半会以耻辱结束。

二叔娶的二婶，风流成性，在二叔打工的时候，便偷人。根本也不背人，屋里经常有各色男人大白天进出，她是来者不拒。连偏屋里舅奶都看不下去了，每回二叔回来，就跟他说离了吧，门槛子都被人踏平了。

不知二婶有什么好手段，不管声名如何狼藉，二叔都从不提离婚。倒是二婶越来越看不上二叔了，时不时地跑出去，今天到这个情夫家住几天，明天到那个情夫家待几日。大伯和二叔便开上农场的拖拉机找，低三下四地求回来，继续凑合着过。舅奶就天天地叹气，有时跟妈说："红霞那孩子多好啊，老实本分，给人家坑了，自己也没得好……"

到底二婶是铁了心不跟二叔过了，最后一次跑到一个大山沟里，直到生了孩子，二叔才知道。就这样，只好离了……

东沟，确如其名。

到那里，需要翻山越岭地走十几里的崎岖山路。说是路，自行车大都是不能骑的，满是大如鹅卵的石头，不得不推着走，有时过河还要扛着。加之"永久"自行车笨重硕大，新平每去大姐家一次，都跟西天取经一般。

一般去一次，便待上整个寒假或暑假。新平喜欢待在大姐家，一是因为大姐带他长大的，两人感情不一般；二是更主要的，因为大姐夫那满满一大箱子的书。

新平小的时候，在村西头，就喜欢去碟子家，因为碟子他爷爱看书，有很多诸如《呼家将》《杨家将》这样的书；村东头，一个胖大婶有《五凤朝阳刀》之类的武侠书，新平也设法去看。碟子爷和胖大婶的书是从不外借的，所以每次别的小伙伴在院子里捉迷藏，新平就一个人趴在炕上如饥似渴地看，常常是天黑得实在看不清字了，才恋恋不舍地回家。

大姐夫的书，与碟子爷和胖大婶的都不同，演义类的居多，还有一部分纯文学类的。于新平而言，大多文字深奥难懂，却又觉得妙不可言。于今想来，对新平算是做了很好的文学启蒙了。

每次闲下来，单独同大姐谈话，她都不停地追问新平有关二叔的各种讯息。看来那次失败的恋爱，给了大姐太深的创伤。来之前妈没有嘱咐，新平呢小孩子又不懂圆融，便有一说一。

二叔复员后，在加油站上班，二婶在家务农。那时大舅爷还在，好庄稼把式又能干，故而大多的农活还是不用二婶伸手的。二叔两口子过得非常安乐知足，周末只要二叔从县城回来，两个人便形影不离，始终过蜜月一般黏糊。二婶不但会说，更会来事儿，时不时地给舅爷舅奶买点讨喜的东西，且抹了蜜般“爹”“妈”不离嘴。

对比起来，大姐夫的绵柔谦和便显得窝囊，又没什么情趣，始终老学究般不温不火的样子。两口子日子过得波澜不惊，有如一潭死水。或许当初大姐毅然决然地来到这个鸟都飞不进的山旮旯，为的便是某种“避世”吧，但这如何隔绝得了呢？生活的艰辛，各种的乏味和不如意，以及别人，尤其给她伤害的人看上去的幸福，都不断地刺痛着她，渐渐地，抱怨和哀叹便多了起来。

大姐夫兄弟四个，他是老小，所以父母便跟着他一起生活。

说是一起，其实只是一个院子，爹妈住在东偏房，自己开火做饭。

爹能干，有手艺，木工、打糕点都是非常有名的。

大姐夫当年差几分没考上大学后，便学了做糕点。

他家的糕点用的都是真材实料，烤炉也用的是传统的烧柴的，所以非常美味，在整个乡都非常出名。大多商家自己亲自上门提货，只有几家有声望的商店，是大姐夫每周亲自去送。那时，新平和妹妹便精心地计算，每每都能恰好与骑着自行车驮着两大箱饼干的大姐夫相遇。大姐夫便从最上边的箱子里掏出两块饼干，新平和妹妹各一块。他们从不狼吞虎咽，如蚕食桑叶般一点一点地舔，设法延长这享用的时间，特别小心翼翼，哪怕针尖大的渣子也是不会掉的。若干年后，谈到此事，才晓得大舅家的表姐、大姨家的表哥表弟也都是这么干的。那是姐夫带给他们的每周的节日。

乡下贫穷，市场也小，除了维持生活，手艺并没有让大姐家宽裕起来。

随着外甥女、外甥的相继出生，日子便越发紧巴，矛盾也越来越不可调和。

局面随着一次又一次的变故而急转直下了。

大姐夫的父亲，身子骨一向硬朗，从未听说过有什么病啊灾啊的。那天他白天还做了几条板凳，晚上睡了一觉，却再也没有醒过来。

大姐夫的母亲，精神上也看不出什么毛病，但按农村人的评价就是“废物”，什么都不会干，老头在的时候，连烧水做饭都老头一个人包了。“废物”且算了，还十分讨人嫌，主要是那张长着长舌的嘴。三个儿媳妇经常聚在一起，背后咬牙切齿地诅咒老太太怎么不早点死。大姐从不跟她们掺和，她只跟大姐夫嘀咕。

只剩一个老太太了，却不愿跟大姐一家归伙，自己又不会做，每回都是大姐和大姐夫轮流到东偏房忙活。

日常的饭菜便算了，老太太还时不时嚷嚷着要好吃的，还偏偏啥麻烦要吃啥，三天两头就要吃顿饺子。大姐初始还忍辱负重，后来就直接给脸色了，有时还当面冷嘲热讽几句。老太太偏是不懂看人眉眼的，不知是佯装糊涂呢还是脸皮忒厚，反正该咋样还咋样，丝毫没有收敛。

虽然是跟大姐家过，但是按养老的原则，其他三家每月还是要提供米、面、油之类。但即便是这样的物品，也是不准时的，有时一拖就是好几个月，所以大姐不但瞅老太太不顺眼，对几个妯娌意见也很大，便整天跟大姐夫喋喋不休。大姐夫就低声下气地安慰，或者干脆就一声不吭，随大姐发泄。

矛盾在一个更加不可预料的节点彻底地爆发了。

因在家里打糕点无法应对生活了，大姐夫便经人介绍去沈阳一家单位食堂做了厨师。没有大姐夫在身边，大姐连唯一发泄的渠道都断了，对老太太就越发无法忍受，便带着孩子回大姨家住了下来。大姐一走，老太太便没人照看了，几个妯娌也从没有过来看一眼。谁想，没几天工夫，这四肢健全的老太太竟一命呜呼了。从此，便有人暗暗地嘀咕老太太是被饿死的。

虽然大姐夫回来一句也没有埋怨大姐，但毕竟村里风言风语的，大姐脸面上挂不住，加上某种良心的煎熬，便撂下离婚的话，回了娘家。

大姐夫重又拾起当初追求大姐的那种执着来，不找任何说客，一个人每天骑着自行车过来，在大姐跟前继续甩着“情投意合”之类含情脉脉的话。大姐这次却是铁了心了，毫不松口。

二表姐也嫁在大杖子村，是新平妈保的媒。姐妹俩关系好，大姐便隔三岔五地到二姐家待几天。大姐夫便又追过来，一来二去的，二姐都被感动了，也帮着大姐夫劝起了大姐。

转机来得也非常戏剧性。

大姐夫在村里曾经有一个要好的女人，相互间都有好感，也谈过一段时间，但最终还是没有走到一起。女人干练漂亮，且外向张扬活力四射，属于大众情人，人见人爱花见花开的那种，有众多的追求者。大山羁留不住女孩那颗躁动的心，女人很快便在沈阳站住了脚，回来时涂脂抹粉打扮妖娆。显然，与木讷拘谨的姐夫相比，已全然两个世界的人，谁在谁的心里也不会激起哪怕一丁点儿的涟漪了。

但世间的事儿就是有些吊诡，它从不会按着事前编排好的剧本发展下去。

原来，那个女人表面上风光体面，说是在沈阳有房，其实就是郊区两间破旧的平房。

她男人是个二流子，除了油嘴滑舌好吃懒做，便是整天偷鸡摸狗赌博打架。平时的日子，就靠着女人给人打点零工勉强维持，日子过得好也只是说给村里人听的，一年四季不是煮土豆便是熬玉米糁子。

即便这样，女人仍在全力支撑着早就摇摇欲坠的脸面和那可悲的虚荣。

直到生了孩子，男人对家仍是不管不顾，连奶粉都买不起，女人才决然地离开了这个男人。

虽然瘦成了竹竿，但风韵犹存。

回来的时候，正是大姐与大姐夫闹离婚的僵持阶段。

直到很多年后，新平才意识到大姐夫是真正的高人，他不着痕迹地巧妙地利用了恰到好处的抓手。

大姐夫凭着他一贯老好人热心肠的形象，对女人表示了慰问。行为、言语并没什么不得体，当事人感激涕零，村人更加颂扬姐夫的古道热肠。新平想，此时或许只有姐夫自己正暗暗地躲在被窝里，为一切进度尽在掌控而笑出声来吧。

果然，那个女人对爱和被呵护的渴求的心又复活了，对姐夫展开了猛烈的追求攻势。姐夫佯装着极出乎意料极惊讶的样子，闪躲地回应她。

这个讯息，不知如何被大姐夫巧妙而适时地传到了大姐的耳朵。

大姐果然着急起来，待大姐夫再来，便疯狂地追问此事。大姐夫一边赌咒发誓显示自己的无辜，一边拐弯抹角地展示了自己对少妇的杀伤力。

大姐的焦虑和危机感越发鲜明地写在了脸上。

因所谓的面子和憋屈是绷不了太久的，所以，当大姐夫再骑着单车嘎吱嘎吱地进院的时候，大姐早已收拾好了包裹。两人就搭着一辆自行车，踏上了回家的路。

没多久，两人合计着卖了乡下的房子，一起去了沈阳。

大姐夫大哥的儿子大学毕业在沈阳工作，帮着大姐夫他们找了店铺，两人就卖起了包子馒头。

据说，大姐家的馒头好吃，真正的传统工艺的手工馒头，分量又足，很快便打出了口碑，生意异常红火，没几年便积攒了一笔钱，在沈阳买楼定居了。

大姐的女儿，一直在新平大姨家由大姨带着。

因了大姐当年的那段情，新平对外甥女的学习极其上心，经常给予辅导。外甥女完美地继承了大姐夫的文艺气质，学习很好，尤其语文和写作。唯一不可心的，大姐夫那双标志性的三角形的小眼睛也遗传了下来。

现在外甥女也如愿地考上了大学，新平也算尽了一点力，算是稍稍报答了小时候大姐对他的悉心照看之恩。

新平大姨家的四个表姐中，新平最熟悉的就是大姐，接下来就是四姐，毕竟一个几乎在新平家长大，一个来新平家来得最多。三姐来新平家较少，但性情绵软，特别爱笑，特别有亲和力，新平与她并没有生疏感。对二姐最陌生，她几乎没来过新平家，新平去大姨家，见了也不打招呼，始终拉着一张要账的脸。

女孩子多同男孩子多的家庭几无两样，都是多巴胺无处释放，差异或许就是一个动口多，一个动手多。

原本新平家与大舅爷家是最亲近的，大舅爷也是实在的庄稼人，容易相处。而与小舅爷家交往甚少，小舅爷天生一张黑黑的铁面的脸，让人一瞅就自然地惧怕；且当过兵，多了几分威武的气质，就更没人愿意接近了。

因大姐与大舅爷家二叔的事情闹得极其不愉快，新平家就与大舅爷家几乎断了来往，平时就是盖个大面儿而已。大姨家也没有怪罪新平家，但两家的心里都憋着一股劲儿。恰好，小舅爷找新平爹，说是给小舅爷家的二叔保个媒。新平爹妈商量了几个晚上，最后还是决定由新平妈出马，找大姨商量，是否叫二姐和小舅爷家二叔见见。大姨初时自然颇抵触，对新平妈冷嘲热讽了一阵儿，到底，还是双方心里都压着的那股“劲儿”，让她们统一了起来。

傍晚都快上灯了，他们在新平家相的亲。二姐在炕头，二叔在炕尾，他们都低着头。新平爹妈说是有点儿事儿便出去了，只有新平这个“电灯泡”在屋里地上杵着。

二叔问：“啥时过来的。”

二姐就回：“晌午来的。”

俩人就再无话，红着脸抠手指头。静默了一会儿，新平这个“活物”才被他们恰当地利用了。二叔把新平拉在怀里，开始抠新平的手指头，一边有一搭没一搭地问着话。二姐也偶尔问新平一两句。

结婚就是自然而然的了。记得二姐和二叔结婚那天，新平一口气吃了五六个拳头那么大的菜包子，主要是掌管包子盆儿的是大舅爷的大儿媳妇，新平叫大妈的（以前还差点认了干妈）。

二姐家住在队里闲置的六间瓦房西边的三间。

小舅爷的大儿子，新平叫大叔的，结婚两三年了，住在东边三间。这都是当年当队长的小舅爷的操作。二叔家那边院子还没有来得及开大门，两家就共用大叔家这边的大门出入。

二姐的性格确实有些古怪。有时回来时，大门没有开，二姐也不喊门，直接就从墙头爬进去了。两个妯娌的关系始终别别扭扭的，后来越发被激化。二姐祸害大婶家后院的菜园子；大婶就把喷了农药的草抛进二姐的鸭圈，两家中央高高的木栅栏还挂着一大把。二姐一会儿指着死鸭子一会儿指着木栅栏，一把鼻涕一把泪地跟闻讯赶来的小舅奶控诉。

新平爱去二姐家，一是这层关系，二则跟“绵软”的二叔比较合得来。在冬天的时候，一般二叔就拿几个黏豆包与新平两个一起在火盆上烤着吃。二姐的眼神就怪怪的。

新平是不懂什么眼色的，直到有一回。

那时二姐家已经自己单独开了大门了，新平刚进入二姐家浅浅的院子。就听到二姐跟二叔说：“快收起来，新平来了。”二叔就说：“哎，真是的，收了干啥啊……”到底还是听到一阵忙乱的撞击声。到屋里，新平看到饭桌下有个盖着盖儿的铝盆，或许太过慌乱没有盖严实，巨大的缝隙分明透着黄澄澄的烙饼。

新平找个由头，立即就离开了，回家就把这憋屈跟妈说了。妈就过来看，也验证了新平的说法，新平妈说：“满屋的烙饼味儿。”从此，新平学会了看眼色，再也没有在任何可能的饭点儿去过二姐家。哪怕是长大了，大学毕业了，二姐请吃饭，新平还是浑身不自在，好像几百双眼睛在盯着他，落下阴影了。

三姐夫是杀猪的，五大三粗的汉子，满脸的络腮胡子。裤子总是提不上去的样子，吊在胯上，拉链也老是拉不严实，头发乱蓬蓬的，始终邋邋遢遢的样子。

三姐夫家的马杖子与大姨家的西沟就隔着一条国道。三姐夫的妈就是杀猪的，长的男人般粗犷，性格豪放，说话声音也大。三姐夫就继承了这个技能，整天满身的猪油，头发上也是。

不愧是生意人，别看三姐夫五大三粗的汉子，却心细，会说话会来事儿，那双会笑的双眼爆皮的大眼睛，看上去更有种天然的亲和力。也不知是怎么相中的三姐，也不用任何媒人，隔三岔五地就给大姨家送点儿肉吃。

大姨家是否爱占点小便宜不好说，反正抹不开面子是一定的，三姐婚事就水到渠成了。

最看不惯的就是三姐夫那副猥琐猴急样，家里外头的抱着三姐各种暧昧，厚厚的大嘴唇子舔得三姐满脸的哈喇子，躲都躲不开。也不懂节制，成天喊腰疼，新平和二叔都鄙视他。

四姐嫁在岭下的青龙。四姐夫是做生意的，主要是倒腾面粉，个子跟四姐一样矮矮的。两人的感情非常甜蜜，四姐接连生了两个闺女，四姐夫家和新平家这边的亲戚就都盼着四姐能生个儿子。肚子又大了，大家都跟着既激动又忐忑。答案最终揭晓了——双胞胎，就如新平和二叔后来调侃四姐夫的："一炮双响。"只是，又是一对丫头片子。加起来刚好也是四个，赶上大姨当年的战斗力了。四姐夫的妈遭雷劈了一般，满脸生无可恋。

新平妈是姐妹三个。具体来说，新平妈是老三，上边还有大姐、二姐，下边还有一个弟。

大姨家在西沟，与新平家最亲近。新平想，大概除去距离近，还有妈对大姨家的帮衬。

大姨比新平妈年长很多，出嫁得早。西沟在靠山楂发达前，是左近闻名的贫困村，那点儿山地根本养活不了人。大姨还特别能生，几年内，四个丫头两个儿子呱呱坠地。姥爷家的大北沟，别看也带一个沟字，却是大平原，土地肥沃且多，否则也当不得一个"大"字。穷一样的穷，但粮食是足够吃的。新平妈每天做饭时，就偷偷地留下一把，藏起来。攒到一个星期的时候，面黄肌瘦的大姨父就跟在大姨后面如约而来了。大姨夫不到新平姥爷家门口去，只远远地蹲在村西的杨树林里，大姨自己去敲门。听到敲门声后，新平妈就借口出去，把掖在怀里的布袋子塞给大姨。大姨就如同抓住救命稻草般笑得灿烂，大姨父的脖子也伸直了，脸上泛着光。嗷嗷待哺的表姐们又可以吃两顿饱饭了。就这样，一年又一年，直到新平妈也嫁了人才算告一段落。后来新平通过妈的讲述反复推敲，姥姥、姥爷大概率都是知道的，之所以睁一只眼闭一只眼，是因为毕竟哪个父母都不希望自己的孩子受罪。其实只要避开太姥姥那个刻薄的老嬷嬷就万事大吉，这不难办到，毕竟老太太两眼昏花，说话哼哼唧唧，拄拐颤颤悠悠的。

大杖子同样是大平原，土地肥沃，单干后，新平家缴完公粮，虽不是那么富余，自留的也是够吃的。所以，大姨家的大姐常年就在新平家生活，四姐大部分时间也在新平家，说是帮妈带新平，其实就是为大姨家省点口粮，算是新平妈当年对大姨家那种帮衬的延续。

新平二姨家在北边的三间房，可不是真的只有三间房，不过村子也确实不咋大，顶多二三十户人家，真正的深山沟里。大凌河西、北两面绕村而过，东、南两面省道环绕，四面群山逼伺，整个一局促的孤岛。一是离得比较远，交通不便；二是妈与二姨在未出阁时关系就一般，所以两家甚少走动，倒是二姨与大姨两家走动得颇频繁。

从妈妈的讲述里，新平对二姨的印象，就是奇葩加刺儿头。

说二姨是刺儿头，听妈讲，在家时姥姥、姥爷管不了她，顶嘴不算，家里的活儿也不愿意干。具体来说，就是二姨对女孩子的活儿不上心，倒像假小子一般，上山、爬树、掏鸟啥都干，气得姥爷有一回，直接把二姨拉到一辆路过的班车上，说是叫二姨到外边挣钱回来，没想到，二姨还真的在秦皇岛待了半拉月活蹦乱跳地回来了。

说是奇葩，也是源于妈的讲述。

二姨长相一般，或者说有些丑。相了几次亲，也没有结果。二姨倒是满不在乎，每次相亲，都要在人家家里造上三大碗挂尖儿的高粱米干饭。新平就纳闷：是不是正是因为这事儿人家才不敢娶，不穷也得造穷了。三间房穷得叮当响，娶媳妇更难，二姨父是独子，也难找。相亲时，二姨照样整了三大碗高粱米干饭，回去还一边摸肚子一边跟妈炫耀呢。据说二姨父当时是一点儿没有相中二姨的，除了长相，新平估计更多的是那三大碗令人心疼的高粱米。好在二姨父他妈主意正，说是能吃就能干，于是就这么成了。

在农村，二姨父也是一个“鹤立鸡群”般的存在。乍看上去国家干部似的，腰板挺得笔直，脸蛋白白净净红扑扑的，戴个油光发亮的“前进”帽，从头到脚始终一尘不染。懂手艺，是个小木匠——新平爹和大姨父经常背后嘀咕的“二把刀”木匠。有着这个手艺做挡箭牌，农活是从不伸手的，家里家外都是二姨一个人。二姨也真能担得起来，看来三大碗高粱米属实暴露了实力。二姨父干木匠也是小心翼翼的样子，如同在绣花，一丁点儿木头屑儿都不会沾到身上。哪怕是干活儿，腰也始终都是直直的，一边天南海北地喷唾沫星子，人家三条板凳都做好了，他半条还没有完成。久而久之，也就没人愿意请他了，主要是那点儿活儿根本顶不上一碗高粱米二两小烧。

二姨父啥都懂，这倒是真的，对新平这样的小孩和种地的乡下人来讲蛮新奇的。

“县是处、市是局、省是厅、中央是部……”一套一套的，还净是跟种地过日子不搭一点儿边儿的，颇能唬住一大堆人。

懂得多就爱磨叽，他也着实沉醉于这种“众星捧月”般的“崇拜”。一有人家请他去喝酒，就没了时间概念，从早上到中午，从中午到晚上，从太阳落山到点灯熬油，全听他一个人满脸通红气势昂扬地忽悠，唾沫星子时不时地都能喷到他黑亮的前进帽上。最初，二姨是不敢叫他的，一叫，他就歪着脑袋梗着脖子吼二姨。二姨大字不识一个，自然气短，就一个人蔫蔫地回去憋气。到后来，知道二姨父有几斤几两了，看他再到别人家喝得云山雾罩时，就直接上手，跟抓小鸡仔似的给掐回来。

突然喜欢去二姨家，新平想主要有两个原因：一是十里八村只有三间房有庙，一到特定的节日，村里就放电影，且一放就是三五天；二是二表兄在中学始终年级第一，名声响亮，榜样对新平来讲是自然的吸引。再后来，又添加一条，三间房有苹果吃。虽然二姨家就那几棵苹果树，二姨也从不舍得从自家的树上摘给新平，但三表兄总是能从别人家的果园源源不断地淘弄来，能让新平吃个够。

二姨家的“家风”不好，这也是以前妈总拦着不叫新平去的主要原因。大姨家与新平家、二姨家均走得近，自然各种轶闻源源不断地传到妈的耳朵里。

确实，二姨家简直就是个“演武场”，关键是一时你还看不出路数来，突然地，二姨就会拿起烧火棍子给二表兄一顿打，紧接着，二表兄会冲进屋子把大表兄按在炕上一顿揍。后来才明白，原来是二表兄偷偷地看武侠小说，被大表兄告了状。常常就是鸡毛蒜皮的事儿，都会打个连环套，尽情释放着一家人的多巴胺。

有一天，在二姨家吃饭。大表兄与二姨父关于鱼怎么做才好吃杠起来了。二姨父说清蒸的好，大表兄说油炸的香，谁也说服不了谁，二姨父就开始打，大表兄就开始抱着脑袋跑。一般情况下，两个人在村里至少得跑一大圈，才会气喘吁吁地回来。

大表嫂也是三间房的，一脸的黑斑，走路时双脚是很夸张的外八字。家里除了爹妈还有一个弟，都特老实，三脚踢不出一个屁的那种。大表兄有时跟大表嫂争吵，少不得就扯上身体的缺陷，大表嫂就掰扯个腿回娘家。看来还是一个村的方便。二姨就一个人盛气凌人地杀上门去，毕竟相对于亲家，二姨家有一种高高在上的优越感。大表嫂就说："你儿子不是嫌我腿不好嘛，我得治啊，治好了再回去。"

如此，得几个回合才回去。热乎没两天，再干仗再跑回去，二姨再杀上门。直到大表嫂的儿子出生，这游戏才算告一段落。也是啊，母以子贵，谁还敢再提什么腿的事。

后来，二表兄考上兰州铁道学院，轰动了整个乡里，亲戚们脸上也有光彩。二姨父戴着前进帽，提着黑色的文明包，更是腰杆笔直，走到哪儿龇牙咧嘴地笑到哪儿吹到哪儿。

之前，新平小的时候，大姑、老姑跟新平家几乎很少走动，跟大伯家很亲近。其实这也很好理解，新平爷是单跟大伯过的，大伯家就是真正的娘家。

况且，在老姑尚未出阁的时候，新平爹和大伯就分了家。也就是说，老姑有两年与大哥大嫂一块儿过日子的经历，亲近是必然的。大姑呢，那时已经出嫁好几年了，以新平后来的认知，觉得大姑与大伯确实是对脾气，故而才更亲近些。

新平妈是有文化的，嫁过来跟这边家风是格格不入。除了规整爹的一身臭毛病，也瞅不惯两个姑子的七七八八。加之不懂圆融，喜怒形于色，原本两个姑子对新平妈都有三分敬而远之，如此就更加有隔膜了。原本新平爹跟老姑年纪挨着，脾气秉性又投，关系是最好的，因二嫂冷冰冰的缘故，久而久之，便开始疏远了。大伯情商高会来事儿，嘴巴甜，亲和力强，俏皮话、顺口溜张口就来，整个人非常欢乐。大妈很少说话，但一天到晚笑盈盈的，时不时还能笑出声来，颇有感染力。

新平家与大伯家只有一条矮墙隔着，小孩子是喜欢热闹欢乐的，新平时不时地就到大伯家里玩，或看着他们几个人一边锯木头一边说笑，或瞅着大伯坐在炕头与各色外村的老爷们儿喝得热火朝天……

两家的交界处有两棵苹果树。一到秋天，分给大伯家的那棵便结满了又大又光亮的红苹果，新平家的那棵则结的是又小又有疤的黄苹果。但就是如此，新平也从来没从大伯家的那棵树上摘过一个。

堂哥只比新平大一岁，除了能吃，说话口齿不清，没看出啥特点来。

新平家里穷，高粱米饭能吃饱，菜倒是很少有，平时主要是葱花酱油或是咸菜片，偶尔能有盆炖白菜便是幸福的了，而堂哥是时不时地有红糖烧饼吃的。当然新平都已经不记得了，听妈讲，他在外边玩，堂哥就拿着大糖饼在他面前晃荡，红糖水都淌在了地上。可新平从来都没有瞟过一眼，久而久之堂哥都觉得没了意思，后来反倒是新平的琅琅读书声影响到了他。新平妈在一块小木板上写下汉语拼音，每天带着新平读。那边大妈、大伯齐上阵也带着堂哥读，但关于怎么读，两口子意见总统一不了，即便有时统一了，其实也错得离谱。反正，不管离谱不离谱堂哥都是离谱的，对错其实对他是没啥关系的，糖饼——那才是他的爱。

妈还说，新平与堂哥的不同，其实早在抓周的时候便明晰了。新平直奔那本摆在柜子上的书，堂哥抓在手里的是爷放牛的鞭子，大妈、大伯就脸色难看，爷却高兴："我大孙子要接我的班喽！"后来新平就想：那是你们没有把烧饼摆上去呢。

第一次去大姑家，新平都小学五年级了。

那时大伯家的二头——新平的堂弟，几乎钉在了大姑家，常年吃住在那里。大山沟子，也没人管束，他当然乐得逍遥。

大姑干活麻利，但极其粗糙，为此总被亲戚们拿来揶揄。针线活儿也是如此。大姑也给新平做了一双布袜子，奇丑无比，针脚之宽之大令人叹为观止。不管咋的，毕竟是人家的一片心意，再说，表兄、表姐他们的不也如此。

大姑跟爹一样嘴皮子麻利，更恐怖的是她可以从早到晚不停地嘚啵。啥都操心，新平一去就出不去屋了，从大杖子村西头一直问到东头，那可是一百来户人家啊，貌似都是她的"领地"，这心操得稀碎稀碎的。问遍了舒坦了，就开启抱怨模式，无一例外，总说是新平爹和大伯不管她，小时候她是怎么照顾他们的，没良心之类。每每到此时，新平就找借口搪塞下，溜之大吉了。

大姑与别的家庭妇女最不同的是，认得各种草药，爬山也厉害。一到集日，便拿草药去卖，赚上在乡亲们看来十分可观的钱。这是她天生的本事吧，略显蠢笨的庄户人确实是学不来的，唯有嫉妒的份儿。

大姑能挣钱，大姑父却是显得“窝囊”，除了会杀个猪，整天嗜酒如命，还特别能吃。不管别人有没有吃，他一个人就能喝下一大盆稀饭，害得大姑一到吃饭时就得看着大姑父，还一边不住声地喊：“中啦中啦……”大姑父就是给人家杀猪，也是每回必醉，把人家的屋子吐得一片狼藉。后来，大姑父又添了个营生，不过只有在正月里扭大秧歌时才能派上用场，说白了就是秧歌队给各家拜年时，收礼金的。说是礼金，倒不是钱，而是东家摆在桌子上的一两斤果子（类似饼干一类的乡下手艺人打的糕点）。待拜完年，大姑父就提溜个布袋子，将袋口一张，胳膊将桌子上的果子一搂便全搂进去了。为此，他有个专门的称号“鬼手”，属实不怎么雅观。

大姑不懂得如何持家，用亲戚的话评判，就是分不出亲疏远近。举个例子吧，大杖子有个走街串巷崩爆米花的，和新平家没有任何的亲属关系，仅是一个村的而已，某种程度上两家上辈还有些恩怨，可每回到大姑的红旗村，大姑都会生拉硬拽地把人家弄到炕上，好酒好肉伺候着，东家长李家短打听个底儿掉。人家也懂得投其所好，可着劲儿地忽悠，一条大白鲢，眨眼间便被消灭了。

大表兄是大姑的大儿子，长新平几岁。

自打新平稍会思考，大表兄就是灯塔一般的存在，这都拜大姑所赐。

不管到哪里，不管什么时候，大姑都是大表兄不离口，那个唾沫横飞，那个眉飞色舞。无外乎就是如何用功，如何学习好之类。

也难怪，大姑是大字不识一个的，或许姑父家祖宗十八代也没得一个认字的吧，好不容易出了这么一个“神童”，还不得吹上天。

新平爹妈听了便恭敬得很，恭敬完就横竖瞅新平不顺眼。可苦了新平了，听大表兄的学习情况听得耳朵都长茧子了。每回一看到大姑来，新平就脑瓜疼。反正爹妈也不明就里，大姑便可着劲儿地忽悠。

大姑家在大山沟里，大表兄上初中时，每天骑车都得骑十几里的山路，故而，时不时地便到新平家吃住。于是乎，新平便有了近距离观察“灯塔”的机会。“灯塔”好像感知新平在端详他似的，玩命地显摆，大书包的书都倒出来，这本看两眼，那本看两眼，弄得新平直犯迷糊，难不成这还真是天才不成？更加让新平崇拜得五体投地。

新平上初二的时候，大表兄就开始高考。年年考，年年考不上，等新平都高三的时候他还在考。从那时起，新平就觉得大姑成了神经病。祥林嫂似的，见谁跟谁絮叨，不是说某某老师整大表兄就是村里某某使坏，都是这些坏了心肝的人不让他考上云云。初始新平爹妈还信以为真，天天陪着大姑义愤填膺长吁短叹。等新平都考上大学了，大表兄还在复读，大姑才不敢再跟爹妈念叨了，爹妈心里也清楚了。新平知道大表兄多么不成才，在学校里，不是因为看黄色书籍被通报，就是成天跟一群二流子磕头拜把子，“十兄弟”“五霸王”的，净干一些不着调儿的事。

大表兄到底还是死了心，回家种地了。大姑又得给他操心娶媳妇，还真巧，邻村刚好也有一个“大学漏子”，大姑就托媒人说成了。

印象里，大表兄跟大姑父一样嗜酒如命，半斤五十度烧锅儿玩儿似的，新平爹妈背后都说他们是“大酒闷子”。为了喝酒没少生气打架，也没少出事儿。管不了，媳妇就经常跑娘家去，然后大姑就求爷爷告奶奶地再接回来，一年到头就玩这游戏。有回大表兄在外边喝高了，跟人家顶起来，叫人家拿酒瓶子给脑袋开了瓢。医院太远了，血哗哗地流也来不及，媳妇也懒得管，大姑就给包扎。后来留下了好大的疤，一直延伸到太阳穴那里，红赤拉的，瘆得慌。

新平爹在沈阳纸板厂做领班，本来也不想带大表兄，架不住大姑三番五次地央求。新平爹给他约法三章，绝不能喝酒。前两月还好，后来爹也就不再盯着了，都三十大几的人了，再说也没那闲工夫。

夏天，大表兄嫌屋里太热，便踅摸到一个阴凉的棚顶睡觉，一边又偷偷地喝大酒。有一天，工人慌慌张张地跑来找爹，说是大表兄摔了。爹过去才知道，原来大表兄喝高了，从棚子上滚了下来。爹气得半死，赶紧张罗着送大表兄去医院。大表兄腰椎骨摔断了，治好以后也干不了活儿了。大姑就一个劲儿地埋怨爹不好好看着他。爹第一次冲着大姑发火了：“还惯着呢，早晚毁你手里，他爹就是喝酒喝死的，你就继续惯着吧。”大姑就不敢再作声了，因为大姑父确实是喝酒后中风死的。

大表兄啥也干不了，成天就赖在家里喝大酒，日子全靠表嫂当小学老师那几百块钱勉强维持着。

新平在广东的时候，有一天，妈在电话里跟他说：“你大表兄死了。”

新平问：“咋回事？”

妈说：“保险公司的人都来了，不给埋……这一时半会儿说不清……”

“咋还跟保险扯上关系了？”新平迷糊了。

“你表嫂去年把家里的钱都划拉到一起了，到县城给你大表兄上了保险……”

“明白了，那我大姑还有亲戚们都怎么说啊，不吭声吗？”

“脑袋都塌进去了，你表嫂说是你大表兄自己从炕上摔到地上去的，保险公司也是她打电话通知的呢，本来大家都说直接埋了算了……”

事实证明表嫂还是更有见识，保险公司查了几天到底也没查出啥不对劲儿的，只好赔了表嫂一笔钱。

大家这才怀着复杂的心情把大表兄埋了。

新平老姑，前半生甜蜜幸福，后半生却是命运多舛。

在新平看来，老姑的机灵与爹不相上下。人瘦瘦的，不高不矮，眸子流转灵动，嘴巴跟爹一样能说，当然这种能说是有逻辑和雄辩力的，而不是大姑那种碎嘴。

老姑嫁的村叫山楂沟，在大杖子东南十几里。老姑有个姨就嫁在那个村，姨父在县里水电站上班。老姑父家姓张，在村里属于大姓，且兄弟多，亲近的家族也大。或许也是为了巩固某种关系吧，老姑的这个姨就把老姑拉到了本村。还有大舅奶家的三姑，同样是被她拉到了那里。

老姑父是长子，下边还有四个兄弟。老姑夫不怎么说话，一般都是老姑动嘴，他站一边嘿嘿地笑。老姑父是木匠，手艺不错，且异常勤奋，那时到外地打工的几乎没有，他家的日子就显得格外好。新平记得上大学带的木箱就是老姑父打的，小巧精致。老姑持家也是把好手，家里始终整洁干净，不比城里吃红本的家庭差，孩子也收拾得清清爽爽的。当新平还戴着黄军帽的时候，表弟就第一个戴上了象征工人阶级的前进帽，颇令新平羡慕。新平时不时地便跟同学炫耀下：“那个戴前进帽的是我老姑家的——我表弟。”

大表妹叫红头，小新平两岁，是老姑的第一个孩子。可叹的是，如此聪明伶俐的孩子，因一场感冒打了过量的药就成了聋哑人。她上的聋哑学校是在喇嘛洞镇，新平上的高中也在喇嘛洞镇，相距不到二里地，所以一般周末新平都会过去看她。每回去，新平都空着手，那时家里也确实穷，自己也没有人情的意识。不管如何，表妹见新平就很开心，教他各种手语，新平学会了表妹就举着大拇指点赞。因为老姑家家境好，表妹上学几乎都是老姑父开三轮车送来，同时带着各种吃食。老姑父小气抠门，有时即便是新平同表妹一同坐三轮过来，也不会送任何吃的给新平。可等老姑父回去，表妹就会偷偷地把好吃的都塞给他。

有一回，新平正在上自习，突然从门口传来老大的笑声，好熟悉，原来是表妹带着几个聋哑学校的同学过来找新平了。新平出去，她拎着好大一提包黏豆包都塞给了新平，然后转身继续开心地大笑着走开了。

后来呢，新平去长春读大学了。再后来，老姑父因心脏病突发，四十多岁就离世了。

据说表妹在聋哑学校里谈过一个对象，老姑他们考虑到都是聋哑人，以后生活难题太大，就没有同意。

新平爹留意到北沟一个小伙子，人不错，有礼貌，老实可靠，就保了这个媒。后来有了两个小孩子，现在老大都读了中学，听说书读得相当不错。表妹两口子感情非常好，可能是老天嫉妒，表妹夫盛年得了烂舌头的怪病，不到两年就被折腾死了，留下聋哑的表妹在这人世间，拉扯着两个孩子，孤苦伶仃。

老姑父死那年，老姑刚满四十岁。老姑命运从此发生逆转。

经人介绍，老姑认识了大兴岭的“新”老姑父。这老姑父，场面人的样子，平时戴着小礼帽，一只眼睛有点斜。年轻时当过兵，回家还教了几年书。因他本家的一个叔在太原当领导，他也就大部分年头在太原盘桓，也不知道到底在太原干什么。两人相中了，就决定一起过。结果，家里一贫如洗，一到过年，每天要债的人挤满屋子。

当初老姑改嫁，整个家里没一个支持老姑的。爷那时还活着，一提到这事就坐在炕头骂老姑“丧良心”。那时还有个小表妹，才五岁，老姑先是带着走，后来被表弟带着人又抢了回去。

到底母子连心，后来表弟也成家了，有了孩子，坚冰也渐渐融化了。老姑离开新老姑父后，因为红头表妹也守了寡，又是聋哑，老姑不放心，就长期在表妹家住。但住久了，跟表妹的婆婆、哥嫂间就难免产生龃龉。再后来，就又回到了山楂沟。

新平那次从广东回家，再看到了老姑。老姑脸黑黑的，眼睛也没了光，干瘦干瘦的，腰佝偻得厉害。

据新平考证，爹这边呢，祖上是从山东闯关东过来的，辈辈都是土里刨食，给地主放羊的也有。赤贫状态，经常是吃了上顿没下顿，跟“诗书”啥的根本搭不上丁点儿关系，会写自己的名字就不错了。

还别说，爷爷就不会写自己的名字，故而村里人经常拿这个当笑话讲。据说为此，舅爷专门教了爷爷三个月，愣是没教会。新平想：幸好舅爷打不过爷爷，否则指定得削他个半死。当官吃公粮啥的更不可能啦，倒是“文革”时，爷爷是造反派头子，带着贫农到处耍流氓搞批斗，不知这算不算“官”。爹读书倒是可以，可爷说读那玩意儿有个屌用，又不能当饭吃，就领回家了，还好识了一些字。

新平妈这边，说是大家族，除了人多点儿、地多点儿，能吃饱，有头骡子外，也没什么立得住的人物。读书的人倒不少，不过是认识几个字不是睁眼瞎罢了。也是土里刨食，连手艺人都没一个，貌似只有太姥爷会点“二把刀”木匠，除了打几个歪歪扭扭的凳子，也没见鼓捣出什么看得过眼的玩意儿，不知这算不算。

直到大舅“横空出世”，这个家族才算是“翻身农奴把歌唱”了。

说是“横空出世”，其实就是考了个师范，当了小学老师罢了。不过这就了不得了，公家人，有固定工资，在老百姓的眼里绝对是号人物。于是乎，村里人就经常在新平面前你大舅如何如何的，满眼的崇拜，搞得新平也是贼拉地自豪，心里便暗暗地下了决心，长大也要成为大舅那样的人。

当然啦，大舅的确是不简单的。课教得好，妙语连珠，深入浅出，据说上课从来不带课本，单凭这一点，在学生、家长们的眼里就绝对神奇了。大舅更霸道之处：一是通过自己的努力，很快便到中学教书了；再则，娶了乡里管司法一把手的女儿。说起这司法老头儿，挺好玩的，一天到晚板着脸，嘴巴抿得都变了形；姓也怪名也怪，叫皮相。每天骑自行车上班，套着板板正正的制服，戴着吓人的大盖帽，嘎悠嘎悠慢腾腾的。偶尔有调皮的小孩待他走近，嘀咕一声“橡皮”，扭头便跑。这老头便立马精神，一边骂一边跳下自行车去追，好不欢乐。

大舅到亲戚家，别的话题很少谈，一般只过问外甥们的学习。所以，这个氛围便慢慢地起来了，家家都特别重视，都铆足了劲儿相互比着学。大舅的女儿比新平大几天，叫表姐，两个人从小学到中学，始终都是一个班。小学时，成绩在伯仲之间，总体上，新平稍占上风，但人家比他用功啊，据说天天学到半夜。新平作业、练习很少做，经常挨老师揍。亲戚中新平家与大舅家离得最近，加上与表姐又同一个班，大舅和姥爷就喜欢常来。新平在学校的凡此种种表姐少不得汇报，所以大舅和姥爷每回来都是对他的批斗大会，无一例外，每回姥爷、大舅也都能“憋劲儿”而来“尽兴”而归。

到初中，表姐还是那么用功，新平还是那么疯玩，跟几个混账小子天天给别人自行车放气啥的，人家找上门，爹就拿着杀猪刀满村子地追着他跑。但成绩却越发甩表姐几条街了，各种全国竞赛新平都可以拿到名次，整个学校没人不念叨他的。相比起来，表姐就显得太默默无闻了，姥爷、大舅便很少再来新平家，估计是找表姐“恨铁不成钢”去了。不论如何，说良心话，大舅就是新平他们这些外甥的榜样和“主心骨”，没有大舅，真不知大家的人生将会是怎么样的。

即使后来大舅因超生被“撸”了下来，改做生意去了，但他对外甥们的学习还是时刻关注着。大家每取得一点成绩，有了些进步，大舅便十分欣喜。

先考上大学的是二姨家的二表兄，兰州铁道学院，整个乡都轰动了，亲戚们脸上都有光。

于是乎，二表兄便取代了大舅的位置，成了整个家族学习的榜样。大舅则以商业成功者的身份，又树立了另一座“灯塔”。当然在老百姓的眼里，这个灯塔是没什么分量的，但在新平他们这些外甥的眼里，大舅永远是心中无法取代的最亮的那座。

后来，新平考上了吉林大学，亲戚中表姐、表弟好几个也都上了大学。

大舅却在盛年因癌症去世了，外甥们的“主心骨”没了，但他的精神永在，晚辈们追寻着他的脚步，传承着整个家族的希望。

第三章　那土那人

每年都有半年的时间地冻天寒，
“猫冬”便练就了东北人“侃大山”的本领。

辽西，荒山秃岭连绵不绝，气候干旱，每到开春，大风一起，漫天黄土。

都说“穷山恶水出刁民”，刁不刁暂且不论，民风彪悍却是真的。贫瘠的土地，生存不易，争、斗，是刻入骨子的基因；山大沟深，造就了辽西人强健的筋骨。

建昌是辽西的一个国家级贫困县。人穷苦，又无法改变环境，就只能想着法儿离开。以前走出大山只有两条路，一是考学，二是当兵。后来改革开放了，又多了打工这条路。当兵能留下来，在部队待一辈子的毕竟极少，考学几乎就是唯一的出路。所以，建昌人极重视教育，不管怎样困难，就是砸锅卖铁卖粮食，也要供孩子读书。所以，建昌出人才，这点在整个辽西都是赫赫有名的。读大学时，新平每次都是从锦州坐火车，售票员一边在新平的学生证上盖戳，一边万分崇拜地自言自语：“建昌的，又是建昌的，你们建昌真是出人才啊！”

建昌穷，尤其是乡下山沟沟，没有女孩愿意留下来，外边的更不会嫁进来。

女孩本来就少，绝大多数又嫁到了沈阳、大连等城市，秦皇岛、唐山的也不少。

一般都是嫁过去一个，妹妹、堂妹、表妹的一大堆，都会带过去。

过的似乎也都很好，小车开着，打扮洋气。

有的嫁过去不到俩月，幸福得口音都会变的，樊英亲家的大女儿就是。她嫁到唐山没几天，回来用东北话讲：声音“垮了”，满嘴的唐山味儿。

他爹也跟着高兴，天天喝小酒，美滋滋的。

倒是她二大爷看不惯了：“把舌头捋直了，好好说话！”

亲戚们、村里相熟的，但凡家里有那么大闺女，都会套近乎：“在那旮旯帮着查摸查摸，给你大侄女找个人家儿……”

每个村都有二三十个光棍，寡妇、离婚的，都成了抢手的香饽饽。

彩礼也直线飙升，十几万不算，还得家中有车，城里有房。就是这样，仍是“肉少狼多”。

父母们都愁苦，娶不上的愁媳妇，有眉目的愁彩礼，娶过门儿的怕离婚。仅大杖子村里，离婚的便有一半以上，有的还离了不止一次，退婚更是稀松平常。因退彩礼及花费等，争吵甚至打斗的也时有发生。

大的案子有两起：一起是用镐把儿打死了丈母娘，重伤了媳妇；另一起是用斧头砍杀了丈母娘和媳妇，并放火烧了房子。

新开岭那一带，几乎每个村子都有从鸭绿江那边逃难过来的媳妇。

据说，那边的女人泅渡过来的时候，都饿得全身浮肿。那边的女人脸原本就大，这下更是如磨盘一般，丑陋无比。

新平大伯小舅子的媳妇，便是从那边逃难过来的，人长得十分漂亮，又聪明，不到半年东北话也说得特溜。每年都会隔三岔五跟着老公，带上儿子，来大伯家走亲戚。她讲她有几兄妹，都饿死了，老爸也饿死了，最后只剩下她和一个姐姐还有妈妈幸存。妈就告诉姐妹俩：“你们游过鸭绿江去中国吧，那边有粮食吃，不要等着饿死了。”半夜她和姐姐便泅渡，水浅的地方还可以直接蹚。士兵发现了，照着手电，一边追一边打枪，姐姐被抓了回去，她侥幸逃了过来。

那边来的女人非常传统忠贞，既然看中了你，一般会踏实地过日子，不会跑。粮食能吃饱，便很知足，相夫教子，非常贤惠，又吃苦耐劳。

也有部分逃跑的。

洪绍勇说话磕磕巴巴的，只有一个儿子，小名“奎头”。

奎头有点“虎了吧唧”的，脑瓜子不太够用。先前在邻村娶了一个老婆，后来过不到一起，离了。为了退彩礼的事儿，两家吵吵闹闹大半年才了结。

后来一个从鸭绿江那边过来的女子来村子，光棍们闻风而动。最后，那女子看上了奎头。

奎头外出打工后，洪绍勇唯恐儿媳妇跑了，差不多二十四小时跟在儿媳妇身边，寸步不离，就是上厕所也要站在外边守着。儿媳妇实在受不了，哭着闹着坚决不在这儿过了。分开的时候，与奎头两个是哭得稀里哗啦的，确实是有了真感情了。

后来奎头再也娶不上了，他爹魔魔怔怔的，见谁就托谁给他家奎头保媒，二婚的也行，带孩子的也行。

村里的老房子几乎都在坡上，有几条街，统称后街；新盖的房子都在坡下平地，靠近河套，也有几条街，统称前街。

不知是否与风水有关，前街人才辈出，当兵的、考学的、做生意的一大堆；后街呢，除了种地，便是在工地上出苦力，抑或是在城里打些零工。

福来家与新平大伯家都在后街，老一辈以来便一直是邻居，故而关系比较密切。福来与新平堂哥同岁，新平在读高中的时候，他们便一起跟着村里人在工地上卖苦力。

有一年，福来与堂哥又一起到了砖厂，没多久，堂哥不知什么原因就离开了。

福来干了一整年，后来老板突然带着小蜜携款跑了，三千块工钱一分也没有拿到。福来他妈听到这个消息，急火攻心，直接就瘫痪在了炕上。福来他爹赶着驴车拉着媳妇满世界的小诊所看病，好歹算是站了起来，但也只能是拄着拐棍一步一挪的了。

弱者更不会同情弱者，弱者的欢乐永远建立在另一个弱者的悲催上。

新平大伯和爷天天蹲在门口墙根儿吹牛，说堂哥如何精明，看出了苗头不对之类的，一副幸灾乐祸的样子，怎么看怎么恶心。于是乎，福来与堂哥两家日渐疏远。

堂弟二头自小便完美地继承了大伯的“盗功”，并“发扬光大”。借用大伯经常跟新平爹吹的：“没有二头偷不来的，活人肉都能给你弄来。”

有一回，二头前脚弄了辆自行车进来，后脚派出所就跟进来了。确实姜还是老的辣，大伯迅速跑到后院，把车抛上了玉米秆垛，并盖好。派出所里里外外找了半天也没找着，还不住地嘀咕着说邪门，几双大眼珠子明睁睁地跟过来的，愣是消失得无影无踪。

之后，大伯那个得意啊，更在亲戚面前肆无忌惮拿出来吹。

在大伯的精心培育下，二头的胆子也越发大了，还没等把人肉弄回来呢，在沈阳就出了事儿。二头在连续偷盗了几次工厂后，被民警伏击，枪子儿打到了腰。原本是要取出子弹，医治好后蹲“笆篱子”的，可是几次手术愣没有取出来，沈阳那边就通知家里把人领回去。

回来那天，艳阳高照。村里人听到消息全部聚集在大街上，那激动劲儿，好似在等待凯旋的英雄。

老樊推着手推车进的村。几个本家接人的男子跟在手推车后面，那神气样，好像领了奖杯回来。二头趴在手推车上，下面是厚厚的猩红色的大棉被，估计是新平大妈的安排。车太小根本趴不安逸，或许也是伤口疼痛，或许趴姿不得劲，二头艰难地佝偻着、蜷缩着，丰满的屁股翘得老高。村里人都围过来，几个接人的男人便展示奖品般，告诉枪子从哪里打进去的。二头还脱下半拉裤子让大家看个舒坦，直到大家都心满意足了，二头和接人的几个男人似乎也达到了人生的巅峰。

一进院子，大伯和大妈也像迎接英雄一般，笑眯眯地把二头放在了炕头。早已等待多时的村东头的赤脚医生便打开随身的铁盒子，给二头打上麻药，擎着手术刀，开始顺着子弹进去的接近屁股的方向割下去，肉很厚，都翻了过来。大家伸长脖子围得水泄不通，呼哧呼哧的，只听到此起彼伏的如牛般的喘息声。

到底还是取不出来。大伯就说这也好，子弹留在骨头里更结实。

也是后街的，独生子因盗窃关进监狱的那个经常“搞破鞋”的老娘们，扭着风骚的大屁股，欢天喜地地过来了。估计，当初没少受大伯一家的冷嘲热讽，现在“报仇”的酸爽让她暂时忘记了自己的苦痛。

大伯、大妈不得不红着脸，听着那老娘儿们有一搭没一搭地讥讽他俩。

新平妈本家的一个还算近支的姑姑，新平称呼姑姥的，也嫁在大杖子，洪家。

姑姥生了两个儿子。后来不知怎么的，洪家的丈夫带着大儿子闯了关东，便不再回来了，据说在黑龙江又重新成了家。

就这样姑姥成了“活寡妇”，拉扯着小儿子生活。

后来公公、婆婆心里也过意不去，看她日子艰难，就劝姑姥再找一个。

新姑姥爷是四野的，做过连长，复员回家后，连长的所有证明、牌子都弄丢了，成了普通老百姓一个。家是大青山脚下的寒岭沟，穷得只剩四面墙，一直也没有娶上媳妇。后来，经人牵头，做了上门女婿，来到了大杖子与姑姥搭伙过日子。

新平的奶奶在新平爹七八岁的时候便死了，爷一个人拉扯五个孩子。

大姑、大伯都顺利成家后，便轮到新平爹了。

可新平爹偏是个有想法的人，家里虽然穷得叮当响，却打定主意要娶个门户大的，改变下家风。新平的爷爷托人介绍了好几个，爹都看不上。爹长得也帅，左近村都有相中的，又是给做鞋又说不要彩礼的，新平爹就是主意正，一个也没答应，气得爷整天骂，新平爹就躲出去不着家。

爷经常去姑姥家串门，少不得为新平爹的事儿叹气。

姑姥说：“这样吧，我娘家那边有个侄女，高级小学毕业，家里门户大，要不看看。”

听新平妈后来说，她和新平爹是在姑姥家相的亲。妈先到，爹穿个破旧的军大衣进来的，人干瘦干瘦，倒是精神。双方看对方长相便相互中意了，一句话却也没好意思搭。

东北，每年都有半年的时间地冻天寒，“猫冬”便练就了东北人“侃大山”的本领。

大杖子洪广众也是侃大山的高手，还是村里秧歌队的喇叭手，当然，婚丧嫁娶也不落下。最牛的还是讲笑话，别人笑得肚子疼，他却一脸严肃不带一丝笑容。这样别人更是笑得受不了，弯腰捂肚流眼泪，直指着他的鼻子央求：“孙子哎，你也笑一笑。”闲着没事儿，他回家也给媳妇讲。一回，老婆笑得太邪乎，一口气没倒上来，死了。这事儿在十里八村也是奇闻了。

因为媳妇是笑死的，不是生气、打架、喝药、上吊，所以洪广众再娶还是容易的。

第二个老婆是岭下河北青龙的，长得干净利落，颇有风韵。据传，她在岭下的老公是个憨厚老实的庄户人，一脚踢不出个屁那种。她就不甘心，每天哭天抹泪地怨自己命苦，骂老爷们儿窝囊。有一年冬天，她老公去井里挑水，她悄悄跟上，趁其不备，一把推入井中。她便坐在井边号哭：“你怎么就掉井里了……”没想她老公还挺“顽强”，没容众人捞，自己就从井里爬了出来，对着老婆，也不敢大声：“你推我干哈？”后来，没过半年，到底她老公莫名其妙地得了急病死了，她解放了。

嫁给洪广众后，她是当家的，一把手。打扮得也风骚，手里时时掐着烟卷。老公不是在外边吹喇叭给她挣钱，就是在家给她讲笑话。她是没有笑死，笑声倒是脆快，整个西半拉村子都听得真切。

家里始终聚着一群男人，走在街上，也会有几个老爷们凑过来献殷勤。慢慢地，流言蜚语便多起来。这个说："那条花背心是我买的……"那个说："我给她买了双袜子……"渐渐地，整个村子的此类老爷们儿闻到荤腥般都聚过来了，比赶集还热闹。

原来的媳妇已经生了一个女儿，这媳妇又生了两个孩子，政府要求结扎，她不干，叫洪广众去结。后来洪广众就把自己结扎了，用东北人的话讲"劁了"。

东北人的幽默诙谐是流淌在血液里的。

庄东头村主任的三弟，患有小儿麻痹，走路一瘸一拐的。此人偏也是个"热闹人"，平时爱跟人开个玩笑，有时别人拿他的缺陷开玩笑，他也不在意。

他家里有两亩地，施肥后封垄，他一瘸一拐地牵着骡子犁地。对面，老洪牵着马也封垄过来，佯装很急迫、夸张的样子，跟扶犁的说："不对，不对，你这骡子怎么了？"扶犁的跟瘸子俩看着老洪严肃的样子，都有些发怔。正想仔细查看一番，老洪说："你这骡子怎么是瘸的啊！"随之，大家哈哈大笑，瘸子也一边骂，一边笑得不行。

村里有个叫王文宝的，老实巴交的，家里老婆当家。王文宝特别能吃，东北的玉米糁子粥他能喝一大盆，他老婆就看着，不叫他这么玩命吃。有时不听话，他老婆便拿鸡毛掸子打，他就跑。其实，这王文宝也是蛮有趣的，小孩们也爱跟他玩，整个火药枪、讲个笑话。有时惹了小朋友们不高兴，小朋友就围着他家门口喊："王文宝，吃不饱，媳妇打得满街跑！"他老婆听到本来还想骂几句呢，没憋住，倒先扑哧一声笑了。

秧歌队在唱曲之前，一般会有所谓的“公子”半唱半念叨地搞上几轮。公子一般都是村里年老些的，有点文采会编排的，说唱的无非是些吉利话奉承话。

有一次，袁家店的秧歌队到贺杖子村拜年，两村秧歌队汇聚一起，好不热闹。两强相遇一番比拼是难免的，其中公子唱无疑是重头戏。一轮又一轮，气氛高涨，乡亲们品评高低，议论优劣。渐渐地，客队公子老头肚里的墨水开始不够了，看啥就编排啥，东拼西凑几个回合后越发词穷。在秧歌队刚进村的时候，两只狗在当街屁股对屁股交联在一起，老头就想到这一桩了，以为得计，美滋滋地开始唱起：“一进贺杖子庄，就见狗‘起秧’……”

贺杖子的不干了，直接开打，把袁家店秧歌队揍得那个是丢盔弃甲狼狈逃窜啊。

乡下人大多浅薄少见识，故而“二儿”的人便显得多，若天生脑袋再少根弦儿，便更加可笑了。

大杖子村便也有这么一位。

这位小名彪头，高高大大的，长的大脸盘子跟他妈一个样，身子略有些弓，家中独子。他妈也是一米八大个，身子更弓，稀松柔弱的样子，原是有肺结核，旧说“肺痨”，虽说好了，却干不了什么重活，自然也只生了彪头一个。可笑的是，全家都有些脑筋不够用，彪头脑袋天生缺弦儿，最是“二儿”的不行。他爹次之，他妈算是全家最强大脑了。

他爹是当兵的出身，身体在村里也是数得上的。因族里有个叔叔在乡里，他爹就经常给他叔叔干活儿，谋了个在乡派出所打杂的营生，辅警都算不上。就是这样，在乡下人眼里也算是人物的，走在路上村人客套，问起家长，家长便十二分得意地说：“去所里上班了……”

他爹偏又有一个在村里人看来很厉害的绝技：左右均可上自行车。他爹也知道村里人稀罕他这“绝技”，便更加有意展示。骑车见到熟人，有时左边下，便右腿跨；有时右边下，便左腿跨。

彪头这小子的“二儿”，是全村都出名的，说起他的一桩桩事情着实搞笑。

小的时候，彪头因脾不好，常拉稀放屁，家里又穷，他妈又抠，便淘弄偏方。也不知是人家故意捉弄还是怎么的，这偏方也着实恶心。你道是啥玩意儿？土拉闷儿、屎壳郎拌马尿晒干后再炒着吃。说起这土拉闷儿，是当地乡下人的称呼，学名却不晓得。是夏季里河边沙窝里的一种黑虫子，高粱米粒大小。为了凑上分量，彪头便带上一大群孩子帮他抓。找到小沙窝，大家把手指插进去，或顺时针或逆时针地搅，嘴里还念叨着：“土拉闷儿开门，你家来人儿……”人多力量大，搞满小半瓶，彪头便龇牙咧嘴心满意足地走了。管没管事儿没人操那个闲心，彪头吃土拉闷儿屎壳郎的名声，却是传遍乡里了。

彪头的后脑勺平平的，就如同被刀削去了半拉儿，都是小的时候他妈懒得给他翻身，结果天天仰着睡，后脑勺就睡平了。再加上吃土拉闷儿、屎壳郎的缘故，大家背后都叫他的外号“土拉闷儿脑袋”。搞得新平到现在也没明白，土拉闷儿脑袋也不平啊。

因这彪头脑袋缺弦儿，村里的闲人没事儿，便喜欢拿他逗闷子，大多都是说不出口的。东北睡火炕，只有一个房间，全家人都铺到炕上睡。夜里难免要运动运动，不免就有动静出来，彪头家自然也不例外。这小子忒二儿，到处问别人：“一到半夜，我家炕头就扑通扑通的，咋回事儿……”有心眼不正的便叫他问他妈去，这小子还真就去问了，结果挨他妈好一顿揍，还一脸的懵。

确实是名声坏了，三十好几了也没人保媒，他妈一天到晚也是唉声叹气。还行，到底有一个被人退了几次亲的姑娘嫁给了他。真应了那句老话“不是一家人不入一家门”，女的不但斜楞眼，脑袋也“缺弦儿”，更可笑的是丈母娘也缺心眼儿。彪头家有一石磨，虽是隔着几个村子，可每次丈母娘都“千里迢迢”过来用彪头家的磨。有时天不亮就敲彪头家的铁门，开迟了还要骂，趾高气扬的样子。新平就想：这货是半夜就出发的吗？

村西头有一片菜地，是因为有的人家院子小，菜不够吃，便又在这边种了一些。彪头家也有一小块。有一天，他家厕所满了，他妈便安排彪头担一担子去村西浇菜园子。这彪头到菜地，愣是分不出哪块是他家的了，恰巧一时也无人可问，他便担着粪桶打着圈地绕，小半天也搞不清，又不好担回去，就倒在村西一家的大门口了，搞得人家堵着他家大门骂了好几天。

下地干活儿最好看了，一溜儿的，就跟西天取经似的。他妈，全家最强大脑领头，他老婆斜着眼跟上，彪头再次之，他爹骑着破单车跟在最后，左下右上继续显摆着……

洪广森家在村里的正中央，虽说都姓洪，但与新平家并不是近支。新平因与他家二儿子小学是一个班，经常结伴上学，就熟悉了起来。村里还有一个比他们大些，新平叫四哥的，他们三个相当于死党。

洪广森说话结巴，老婆是麻子脸。洪广森小气是出了名的，吃饭时不论是谁掉了一个饭粒，被他发现了，他都会憋得脸红脖子粗骂上一句“没下巴”。媳妇当不起家，尤其涉及钱的。有一回，亲戚结婚，媳妇背着他给了亲戚五元的红包，被他知道了，愣是逼着要了回来。

每到交学费的时候，他都是拖着不给，每回都是四哥与新平俩一次又一次做说客，他才结结巴巴、可怜兮兮地打开他放在柜子里那个上了锁的红色的小木盒，颤巍巍地取出红布包裹的钱来。

洪广森与洪广朋是同父异母的兄弟，洪广森是他爹前妻所生，弟弟洪广朋是他爹后娶的媳妇所生。当爹的偏心，旧房子给了洪广森，新房子给了他弟。第二个媳妇也死后，老头就两家轮着养。到老大家就啥孬吃啥，洪广森媳妇还不时地翻旧账来给他话儿听，老头就假装听不懂，坐在炕头该抽烟抽烟该抓痒抓痒。到小儿子家，老头就立马欢实了，推着小推车又是推土又是送粪，满脸的欢快。

洪广森有三个女儿，大女儿性子挺烈的。

在高中上学时谈了个对象，就不想读书了，回家商量着成家的事儿。

两口子自然不同意了。结果这大闺女就说了：两个选择，要么同意结婚，要么准备棺材。

后来自然是成了婚，小两口儿近三十年始终恩恩爱爱相敬如宾。

洪绍峰他爹的坟埋在西边的地里，这块地多少年之后，就流转到了洪广森手里。这一到秋天，洪广森就找洪绍峰家要粮食，吵了好几年，到底粮食影儿也没看到。

洪广朋家的日子好。那时洪广朋好像在岭下的乡里有个类似于公务员的职位，早早地就有了自行车，每天骑着上下班。他家是全村第一个拥有黑白电视的，十四寸。那时，新平几乎每天跟着一群小孩子泡在他家没日没夜地看。也就是在他家，新平第一次见识到，原来菜也是可以炒着吃的。那年月，新平家一年四季要么是咸菜片，要么是炖白菜炖土豆啥的，来客也是如此，从没有见识过炒菜。后来，樊英达家买了台二十一寸的大电视，村里孩子们大多时候就跑他家去看。洪广朋的大女儿，叫莹丽，就整天跟他爹怄气，埋怨他爹没本事，家里的电视小得跟芝麻粒似的。因为距离的原因，更多是樊英达家里人都挤不下了，新平和几个孩子偶尔还是会到洪广朋家看十四寸的电视。这时，全家人老热情了，尤其是莹丽，拿各种吃的给新平他们。

莹丽这一等一的美人，标致得很，嘴巴也犀利，只是太过虚荣。

她嫁得也不错，是村东老王家的三儿子。家里开着小卖部，挺殷实的，平时也不用她下地干活。

孩子一转眼都十岁了，漫长的日子也没有磨灭莹丽那颗躁动的心。老郭家一个据说练过武术，在沈阳混生活的，不知怎么两人就搭上了头。那个春节过后，直接跟人家私奔了，她妈天天见人就说："丢死了人喽。"

后来听知道底细的人讲，这老郭家小子，天天不是打架就是喝大酒，日子根本就不管。莹丽没办法，为了生存就只能拉下脸来去找零工干，挣点糊口的钱，也不敢有啥抱怨的，怕练武这小子揍她。没过两三年，这练武的小子被人用刀在一个大桥上捅死了。

也没脸再回来，莹丽就不断地靠着仅存的一点姿色，把一个又一个男人带回她的小屋。

樊英本家位于后街最前边那趟街的正中央，前边是洪绍峰家。用老百姓的话来讲，两家都是“公家人”。

樊英本是小学的副校长，貌似直到退休，各小学轮了一大圈，还没“正”过。高高瘦瘦的，眼睛直直的、深陷的，脸色苍白，像极了吸大烟的。除了学校的事儿，村里的啥事儿都愿意掺和，当然自己家的事儿就已经够他喝好几壶的了。

他儿子小名大鹏，是中专毕业，后来在乡政府上班，老婆是中学的英语教师。中专在那时就是足以轰动的了，是每家教育孩子的榜样。新平爹对标的却是樊英本，说是大鹏一旦在外边玩，樊英本就不吭气，悄悄地摸到大鹏的身后，突然袭击，踹他个嘴啃泥。新平爹倒是没有那么暴力，但看新平出去玩，当着村里众人的面劈头盖脸的一顿数落、一顿骂是免不了的，搞得新平自尊无处安放，就憋闷在心里恨了他爹一辈子。

大鹏一天神龙见首不见尾，整天闷在家里也不知道鼓捣什么，他老婆说是研究棋谱，反正乡下人也不明白是什么高深玩意儿，牛人的世界新平也不懂。倒是他媳妇特活跃，村里有几家婚姻还是她保成的呢。还经常见她手里拿着一本英语书，在新平家西边的那片杨树林里读。

也难怪，家里有个精神病的小姑子，全家都不得安生。

小姑子，村里人都叫她“丫头”，胖胖的，眼睛跟她爹一样深陷且直直的。

原来，当年媒人给她介绍了一位同样是吃“红本”的小伙子，结果她没有同意。后面又相了几个，对比之后后悔了，但前面的这个小伙子却不再回头。后来，这小伙子非常上进，没几年就成了乡长。丫头，继续地相着亲，以小伙子做着标杆。再后来，死心了，也不想嫁了，谁上门提亲直接就劈头盖脸地给人家骂出去。

丫头渐渐地就开始魔怔了，经常扛着小锄头，不管谁家的地，相中的红薯、花生什么的，直接挖回家去。别人找到她家，她爸见啥抄上啥，直接往丫头脑袋上呼。她就还手，两个人打成一团。初始，都是她爸获胜，渐渐地她就开始占了上风。据在她家打麻将的人讲，到樊英本退休的时候，丫头经常一把给她爸按到炕上，有回还按倒在大锅里，大嘴巴子抽她爸啪啪地响。

洪绍峰他爹曾经也是校长，只是死得比较早。

他妈是普通的庄户人，平时信个什么教的，炕头挂着块大白布，上面有奇奇怪怪的图案，后来被派出所收了去。

洪绍峰没有接他爹教书的班，而是在乡里管计划生育，哪家超生罚款了，罚多少几乎都是他说了算，没几年盖了五间全村最霸道敞亮的大瓦房，整个院子都是水泥砌起来的。

日子过得也洋气前卫，怎么说呢，经常看到小朋友们从他家的垃圾堆里淘弄出“气球”来，吹得大大的，满村子地招摇。

他妹接了他爹教书的班，新平平时叫她四姐，特别时髦，尤其爱穿体型裤，按新平的历史老师“赵大胡子”的说法：坑坑包包的啥都看得见。

洪绍峰家前面斜对个是樊英本的弟弟——樊英义家。

樊英义跟他哥哥一样脸白白的，中等身材，走起路来像个大姑娘。村里人对他开始熟悉，是因为村里扭大秧歌，经常跟碟子他爷唱《傻柱子娶媳妇》的拉场戏。他白，碟子他爷黢黑，戏词儿又有趣，表演得又滑稽，村里人都笑得前仰后合，孩子们更是欢乐得不行。

他有四个闺女。大闺女嫁在河北，很少回来。二闺女离了婚，带着一个女儿天天待在娘家，平时也不说话，一天两次，割冒尖的一大背篓青草回来。每到这时，樊英义他媳妇就指给村里人说："我这二闺女很能干，谁娶了谁的福气。"或许确实是有了效果吧，反正很快就没见了人。三闺女会烫头，且是整个乡里第一家，赶时髦的人自是络绎不绝。写着"烫头"的木牌就钉在她家门口的那棵大柳树上。

靠村头有一家给母猪配种的，也钉了个木牌在自家树上：母猪配种。

来烫头的别村妇女有不识字的，经常进错了院子："这里烫头吗？"

"不烫头，这里给母猪配种，需要配一下吗？"老陈这家伙也是流氓。

三闺女后来就嫁给对门的邻居，洪广习家的三儿子。这下可方便，一生气打架三闺女就回了娘家；吵架也方便，樊英义媳妇、洪广习媳妇就站在自家的院子里，可以从天明吵到天黑，第二天继续。

实在看不过了，一般三闺女会帮几句腔。

这时洪广习媳妇就矫情："哎呀，我吵不过你们四张嘴，横的竖着的。"就此下台阶，收了兵。

洪绍义家出名，全因为他弟弟锁头，他的大名叫洪绍双。

锁头毕竟是村里有史以来第一个大学生，虽说是大专，也是了不得了。

说起来洪绍义与新平家还是比较近的本家，但因为新平爷那一辈的恩怨，两家就落下了仇。其实也没有什么大的冲突，新平听爹说，那时洪绍义他爹在生产队里做会计，新平爷认为给他少记了工分。后来新平寻思，不能排除，奶死了爷一个人挣工分，孩子又多，冲着亲族的人做会计，想沾点光。

惨烈的是，洪绍义他爹和他妈毫无征兆地，在一个深夜，同时上吊自杀了，留下了洪绍义和他弟洪绍双相依为命。

那时，开始单干了。

弟兄俩学习都出类拔萃，但俩人同时上学确实也不现实，自然是当哥的做出了牺牲。洪绍义在忙完地里的，便出去收废品赚点钱，给锁头用做学费。有一个流传甚广的经典，说是锁头每天是书不离手，一次，一边烧火一边看书，结果棉鞋不小心烧着了都不知道。

他们的邻居，也是他们家族的，经常欺负他们。一大家子，满头白发的老太太也凑热闹，指着兄弟俩骂。洪绍义嘴巴也笨，就蜷缩着营养不良的身子，在自己家门口的大石头上抹眼泪。锁头倒是很平和坚毅的样子，拍着他哥的肩膀安慰："他们人多，咱不跟他们吵，后院那点地咱让给他们。"

后来锁头考上了学，两家居然跟一家人似的了。那一大家子经常赶着自家的驴车，帮洪绍义家拉这拉那的，白头发的老太太还经常拿自家的鸡蛋给洪绍义，说是给锁头拿去补补。

那时洪绍义也成了家，媳妇是洪广习媳妇保的媒，是洪广习媳妇娘家亲戚。洪绍义媳妇身体强壮，像个男人。东山的女人都是出了名的能干，针线活儿却是不会。于是经常见到，洪绍义抱着锁头的被子衣物，叫洪广习媳妇帮忙缝补。

双义是张文明的大儿子。

张文明说起来在新平他们村里曾经也是风云人物。当年从部队转业回来，在大队的领导班子里也是顶呱呱的人物。单干后，就退出了历史舞台，但在百姓的眼里“余威”尚存，大家见到继续点头哈腰的。

张文明高高大大的，腰杆始终挺得笔直，说话都咬着牙的样子，很是刚强的一个人。儿子双义却是不争气，双义都念了好几年小学了，一个字儿也写不出来，张文明就咬牙切齿地说：“别给我丢人了，回家种地吧！”于是乎，双义就回家种了地。张文明的二儿子还凑合，书也没读多少，但脑袋还算灵光，成年后在家里开了小卖部，娶得媳妇也漂亮，日子还算殷实。

双义的媳妇是后边黄杖子村的，脑子也不够用。

两口子经常为争着一个鸡蛋谁吃这样的琐事儿，而大打出手。当然，一般都是媳妇偷袭，饭勺就是趁手的兵刃，抡过去就给双义的脑袋开了瓢。然后媳妇就跑回娘家去，张文明就去找，双义的丈母娘就跟张文明说：“孩子还小，可别生气哦。”张文明就骂过去：“我去你妈，都四十了还小……”

双义媳妇接连生了两个闺女。那时还是比较重男轻女的，在村里张家又是小姓，族里人就都关注双义媳妇啥时候再怀。肚子一大，家族的人便都充满了期待，又是闺女，则又都泄了气。然后，一般过不了几天，孩子就会死去，说是睡觉不小心压死了。奇怪的是，之后又连续两个丫头，也是这么被压死的，也不懂得变个花样。

孩子死后，双义就经常提上一桶汽油，扛上一大捆玉米秆儿，到西边的老河套“炼人”。新平和一大群小孩子围着看热闹。只见双义把玉米秆摆好，把猫一般大小的闺女放在上边，浇上汽油，就开始点火。等火苗蹿起来，孩子们就如同过年放烟花一般欢快。双义时不时地用棍子扒拉，直到烧得只剩几根乌黑的小骨头才心满意足地离去。

之后，双义媳妇就再也没有生孩子了。

前两个闺女脑子也不够用，但身材、长相却是可以，都在乡里的饭店做见不得人的勾当，整天跟过往的货车司机勾勾搭搭。很快双义家高高的院墙就盘了起来。

那年冬天，在双义家不远的空地上，一大群人穿着棉袄正在太阳底下侃大山，张文明也在。突然发现，双义从自家院子里爬了出来，也喊不出声音，满嘴冒白沫子。张文明跑过去一看就说：“完了完了，这王八犊子喝药了……”都不容抢救，双义就断了气。

原来，那天双义在外边喝醉了，回家就到处找醋，媳妇恰好不在家。东北冬天冷，媳妇怕把农药冻坏了，便一股脑儿地摆在了家里的柜子上，结果就被双义当作醋猛灌了几口。

这回公家的炼人炉也会把他烧成灰，去那边陪那三个他亲手“炼”了的闺女吧。

新平第一次知道亮亮，是初中一年级的某个下午。

正在上课，突然教室的门被推开了半边。那是一张土气干瘪而又焦急的老妇人的脸，枯树皮般皴裂而黝黑的双手颤巍巍地扶着门框。

“亮亮，咱家骡子丢了——”

这时，一个身材高大的同学从最后一排站了起来，满脸通红，耷拉着脑袋快步走了出去。数学老师随后恶狠狠地摔上了门。

见识亮亮的气势是因为一泡尿。

那天中午，太阳炙烤着大地，新平和村里的铁柱挎着篮子准备去西沟采榛子。

经过周杖子村头时，亮亮正骑着单车嘎吱嘎吱地沿着满是石头的小路过来，后座上拴着大青骡子。铁柱与亮亮居然很熟，原来他们是同一个家族的。亮亮脸红红的，时不时地还打个饱嗝，看样子啤酒是没少喝。大青骡子先是翘起了尾巴，随后一大坨一大坨的粪便便喷涌而出。还未拉完，黄黄的粗粗的尿也砸在了两腿之间的地上。这时亮亮的尿意也来了，当着新平和铁柱的面解开了裤带，同样又粗又黄的尿液也砸地而出，哗哗地非常响，冲击力也猛，气势如虹，击起阵阵尘土，白白的一层啤酒沫子在这一大滩尿液上旋转荡漾。骡子打两响屁都消停下来了，亮亮仍没有完事儿的意思，流成了一道混浊的“河”。

知道新平与铁柱同村后，亮亮就对新平特别亲。新平个子小力气小，亮亮就护着，在学校谁得罪新平了，他就拿着他的特殊打磨过的圆规，扎人家的自行车轱辘。

这小子幸好个子高，否则真没法看。模样就不说了，单说那嘴巴吧，突出很多，就如同未进化好的猴子。一笑更可怕，整个大牙花子全龇出来，有时还粘两片青菜叶子。

人家都懂得矜持点，他就不懂。

那年学校秋季运动会。初三一个哥们跑完后，怎么就起反应了，下边的运动裤都被支棱起来，挺得老高了。全校的男男女女都看到了，男的大多微微地笑，女生脸蛋泛红，只有亮亮露出大牙花子整出了动静，还明目张胆地扒拉新平让新平看，一边还指着人家的裤裆。

初三的这哥们也真是的，明明无法掌控自己的工具，却所有的跑步项目都参加。哪怕是一百米，照样支棱起来。

亮亮始终如第一次那般欢乐，新平都疑心他到底是看运动会的，还是专门盯着人家裤裆的。扒拉得烦了，便没好气地回他："滚旮旯去，别总扒拉我，回家看你家骡子去，不比他那玩意儿大？"

新平初次去亮亮家，是个大热天，太阳都能把人烤出油来。

亮亮的妈妈很热情，别的话也不会说，反反复复就一句："回腿儿坐。"

容不得新平寻思为啥只有十几户人家的小山旮旯明明全是姓樊的却叫周杖子的问题，他早已经被亮亮家强大的遗传现象震惊了。

亮亮两个哥哥、一个姐姐连同亮亮，全跟他妈一个模子刻出来一般，最鲜明的，自然是夸张突出的嘴巴，和一咧嘴便龇出的大牙花子。他爹倒是慈眉善目的，五官瞅着也顺溜。真琢磨不出老天爷是怎么想的。

亮亮妈烙的韭菜盒子，超级好吃，新平一个又一个地吃。新平从渐渐尴尬的气氛里，越发感受得到亮亮他妈的担心。亮亮显然也吃高兴了，比新平吃得还欢实，他妈就又夹了一个放在他的碗里，筷子用力地按了按，使眼神给亮亮。这时亮亮方领悟过来，吃完碗里的就说要喝粥。新平也知道东西不够造了，但就是架不住肚子里馋虫的驱使，继续吃了一个又一个，明明都堆到嗓子眼了，挤挤还是可以吃下的。直到瞟着盆里只剩一个的时候，才悻悻地停住了筷子，算是给他家压盆底儿了。亮亮他妈客套地说：“吃饱了没，再吃点呗。”

所以天底下只有两样东西深不可测：一是人心，一是穷苦的半大小子没有油水的肚子。

亮亮初中毕业就不再念书了，去沈阳做了焊工。

再见到亮亮时，是在集上。那时他刚结婚没多久，老婆居然是他们班上的同学，不怎么爱说话，个子也蛮高，文文静静的，天天悄悄地坐在教室的最后面，所以新平对她印象并不深刻。

挂钟敲过十二下了，白炽灯仍在亮着。

乡村的夜晚静得可怕，正适合追忆往事。此刻，洪广理媳妇刚刚摘下老花镜，放下织了一半的毛衣，穿着秋衣钻入被窝，将被子掩到干瘪的胸口。所有的动作都是那么从容不迫，与其说是有意消磨时间，倒不如承认确实是老了。

她毕竟是六十多岁奔七十岁的老妇人了。

她唯一的儿子，铁头，已经被枪毙三十多年了。自打洪广理从沈阳抱着铁头的骨灰回来，她便瘫在炕上整整十年，算起来，铁头离开人世也二十多年了。唯一值得安慰的是，儿子和丈夫的坟都埋在了东沟，这样紧挨着，他们在那边也就有伴儿了。比她强，一个人茕茕如孤魂野鬼一般。

三间房子，如今也显得空荡荡的，宽敞得没依没靠。唯一让她感到踏实和留恋的，就是里面有儿子、丈夫曾经的味道、欢笑、哭号、甜蜜、争吵……

那时她爹早都不在了，嫁给洪广理是他妈拿的主意，媒人是村里有名的“大白话”刘新。刘新是怎么跟她妈接上头的，无从考证了。只是记得媒人一个劲儿地夸洪广理人老实、有文化，读了几年高中，在村里当会计，家里还有三间新盖的大瓦房。没人怀疑这些话，因为这些确实也是实打实地摆在那儿的，她妈高兴，她的少女心也满是憧憬。

就这样顺顺利利地嫁了过来。第一眼看到新郎，她的心便凉了半截——人木木的，没有半点年轻人的朝气，动作慢悠悠的，如同一个老头。说话也不响亮，一张嘴，声音在嘴巴里打转半天也出不来，呜啦呜啦地含混不清。笑起来傻乎乎的，有时还会颤抖般摇几下脑袋。嫁鸡随鸡嫁狗随狗，否则又能怎样呢？老妈倒是知足，那天高高兴兴地吃了三大碗高粱米，还喝了二两烧酒。

洪广理脾气好，两个人从来没有吵过架拌过嘴。下地也是一起，但不管是干啥活，洪广理很快便会被她抛下很远，他也不慌，他就是那样慢悠悠的，“三脚踢不出一个屁”的人。还时不时地卷上一支旱烟蹲在地里吧嗒吧嗒地抽，一边龇牙咧嘴地东张西望。看到谁都打招呼，呜啦呜啦的说着什么人家也听不清楚，但知道他的意思，有时就聚过来，也卷上一支，跟他一起吧嗒地抽起来，一边听他孩子般幼稚地东拉西扯。

洪广理媳妇显然与其他农村媳妇是不一样的。

风韵是骨子里的，超凡脱俗也是骨子里的。虽然每天也风里来雨里去，却始终是干净整洁的样子。穿着与普通农妇并无二致，但，凡是穿在她身上的便觉得鲜活有气息。

她不像那些长舌的农妇，闲来便东家长西家短地“扯舌拉簸箕”，她从不与她们聚集，以至给人一种孤僻清高的感觉。但她并不是清高和孤僻的，她也愿意与人谈话，只是从不打听别家的隐私，也很会说话，照顾所有人的情绪和感受。

渐渐地，某种幽怨的神情便越发地刻在脸上。但，在她的人生哲学里永远没有离婚的想法。

村里的男人都出去打工了，甚至连五六十岁的老头都出去了，只剩下妇孺和身体残疾的或大脑不够用的，留在家里继续脸朝黄土背朝天地在土里刨食。

洪广理也跟人出去过几次，可每次不但钱没拿回来，还白白搭进去了路费。有一次，行李也搭上了，那是媳妇用最好的棉花给他做的，因付不起车费，被三轮车司机扣了去。后来他就不再出去，是村里唯一一个正当壮年四肢健全的“废物”。媳妇也没有埋怨他，更没有跟他吵闹，甚至也看不出嫌弃他。

媳妇不但手脚利索干活麻利，脑袋也活泛，是村里第一个孵小鸡、小鸭、小鹅卖的，也是唯一的一个。在他家大炕上，排上几个那种农村用来盛粮食、盛豆粕的圆形大筐，底下铺上灌好热水的塑料袋子，上面铺满鸡鸭鹅蛋，盖上被子。隔段时间便要看下水温，并把蛋翻过来，晚上也睡不踏实，二十四小时不得消停。鸡鸭鹅孵出来后，洪广理便骑着自行车走街串巷吆喝着卖。亲自上门提货的也络绎不绝，不但左近村的，岭下河北青龙那边的也有来买的。

靠着媳妇这个本事，洪广理家的日子远远好过那些打工的。看到这法子赚钱，村里也有几家按捺不住照样谋划起来，但不是买的蛋不行，就是水温没掌控好，孵化率太低，渐渐地便都打了退堂鼓。

洪广理肚里有点墨水，尤其毛笔字写得不错。每到过年，他家所在的后街的好多人家，便拿着裁好的红纸找他来写对联、写福字。院子里的大圆桌子围满了人，洪广理众星捧月般坐在当中，从没有过的快意充满脑门。他翻弄着一本泛黄的册子，念念叨叨，时而陷入沉思，当确定下来后，便用笔根碰几下鼻子，蘸上墨，慢悠悠地写起来。众人便万分崇拜地看，待他写完最后一笔便好像很懂一般喝彩叫好。这时，忙里忙外的洪广理媳妇似乎更加开心，没了幽怨，笑靥如花。字她是不识一个的，但只要她男人能“露脸”就比什么都更能让她开心。

随着儿子铁头的降生，三口之家更加和美了，日子过得也一天胜似一天。

灾难在铁头六岁那年降临了。

那天洪广理两口子在地里干活，留铁头在家。谁知这小子拿着火柴玩起了火，当浓烟滚滚火苗都蹿得老高的时候，才有人发现并跑去救火。救火时才发现铁头正站在院子里号哭呢，显然是吓坏了。火势太大了，根本没法救，好多人都在地里干活，人手也不够。没办法，人们只好都聚集在邻居的院子，防止火势蔓延。即便如此，邻居家偏房连同堆在里面的积攒了一个冬天的干柴也遭了殃。等洪广理和媳妇回来的时候，只有坐在地上呼天抢地的份了，房子彻底烧得落了架。

大的变故，是会使人的性情发生改变的。

铁头原本就与他爹一样，长得憨头憨脑的，而今变得更加沉默寡言，行为也怪异，常常做出一些残忍的举动。不是有意无意割破自己的手指，就是把抓到的老鼠砸个稀巴烂，哪怕一只蚂蚁，他也可以恨恨地把它肢解成几段。后来成年后，在沈阳打工时，因情感纠葛把房东的女儿用鞋带勒死并焚尸灭迹，这其实是有迹可循的。

洪广理两口子貌似没什么变化，只是洪广理媳妇比以往更爱讲话了，但远没到祥林嫂的地步。

大队组织募捐给洪广理家重新盖了房子，就是盖房子用的秫秸，也是洪广理亲自到各家一家两根地收集来的。新房子的档次就稍逊以往的三间了，但也差不了多少。邻居的偏房也是队里给重修的，只是烧掉的那一大堆柴火，两口子到山上忙活一冬天才补上。

乡村如荒废一般安静，感受不到温馨与祥和。每次从广东返乡小住，新平都极度惶恐这种窒息、压抑的感觉，焦躁不安。

村子不大不小，一百多户人家。听老妈念叨，这期间，不算进城的，单亡故的便有二十几个了。疾病居多，大部分又是脑血栓，听说，现在村里还有好几个因脑血栓，徘徊在生命的边缘。庆幸老爹、老妈身体康健，没有什么大毛病。

表妹夫是得了一个烂舌头的怪病，活活痛死饿死的。可怜新平聋哑的表妹，一个人拉扯两个孩子过活。

邻居四婶，出了名的能干，得了肺病死了。

左边的邻居，女的得脑瘤早去了，男的四十多岁便脑血栓，半身不遂，被女儿送去了养老院。

隔过一家的邻居，是得红斑狼疮去世的。村里得此病死去的，还有几例。

同一条街有个新平叫三婶的，强壮高大，家里是养牛的。去年牵着牛在前面走，被牛在后边顶了一下，直接晕了过去，在医院里住了好长一段时间。偏偏祸不单行，听妈说，上个月三婶与同村的一个人去挖野菜，走在公路边，直接被一辆小轿车从后边撞飞了，全身多处骨折，肠子也撞破了。送了几家医院都不敢接，最后送到了盘锦医院，手术后，重症监护室住了一个月才苏醒过来。新平就说了，乡下人弄一辆小轿车，狂得他爹都认不得。

小名叫碟子的，与新平同岁，家里老小，上边三个姐姐，从小便是宠儿。

记得当年当兵时，便整得轰轰烈烈的，队里给放的电影。当兵回来后，原来谈的女朋友却跑到北京，人也找不着了，反正意思是不跟他继续了。这碟子便天天喝大酒，醉了就满大街吵吵着要自杀，他老妈拉着胳膊寸步不离地看着，一步一个趔趄，瞅着都揪心。折腾来折腾去，他是没自杀，他老妈心里不整齐，过门槛子摔倒了，没几天就咽了气。

碟子这回也不嚷嚷着自杀了，经人介绍娶了个小寡妇，还带着一个娃。

他爹，没过几年也郁闷着死去了。这次回家，怎么就提到了他。老妈说，你还不知道啊，碟子今年差点被他姐夫砍死！原来，碟子的二姐夫死了，他二姐就又找了一个，碟子和他二姐夫都在沈阳打零工。那天几个人喝大酒，不知怎么碟子就跟他二姐夫杠起来了。他二姐夫啥也没说就出去了，大家都没在意，谁知他二姐夫又操着斧头进来了，二话不说抬手便砍碟子，碟子胳膊断了、肠子流出来了……

你还别说，当过兵的还是身体强健一些，碟子居然被抢救了过来，换个人，用东北话来讲，早“噶屁儿着凉”了。

第四章 他乡二十载

生活的鞭子抽得很紧，
哪里容得你回头。

当初FH来长春南湖酒店招聘的时候，放的宣传片，看着像科幻片。

整个大厅挤得满满的，都抻着脖子铆劲儿地看，尽量显出自己也很“科幻”的样子。但过不了一会儿，便都蔫巴下来了，估计跟新平一样地犯嘀咕：这公司牛得地球都搁不下的样子，咱们哪有机会啊？

所以回来新平也就根本没把这事儿搁心上，该投简历继续投，该找继续找。

没承想，过了三五天，传真了几个名字过来，上面居然有他，新平颇激动了好一阵。

怀着刘姥姥进大观园一样忐忑的心情，新平从沈阳坐了两天一夜的火车，来到了肇庆，来到了公司。

整个公司跟大花园似的，还有个长草的足球场，颇让新平感到神奇。更神奇的是，居然跟去长春招聘的某博士做同事。

他们经常在一起吹牛，新平便问他：“那个唬人的宣传片怎么搞的啊？”

他说：“花了一百万找电视台的人做的。”

难怪这么高大上，悬着的心也便渐渐地放下了。

集团很大，有好几个分公司，公司名都带个“华”字。每月都开员工大会，一楼的大堂挤得满满的，放着《风华正茂》的音乐。

新平在最大的分公司GH的丝印车间做工艺员。

除了十几个机修师傅，二百多个清一色的美女，都是定向从几个中专直招的，主要是广东罗定、河南鹤壁、广西河池、四川泸州等几个地方。

在这个公司，永远都是娱乐第一，生产第二，你若在文体上没个特长，很难有人关注到你。

足球在集团最受欢迎，各级领导都重视，每年的赛事都是公司的大事。

新平所在的丝印车间也凑了个队。

不用说，大家都认为一点儿赢的希望都没有，别输得太惨就行了。

尤其与烧炉那样的爷们儿车间更是没法比。下半场都开始了，丝印的姑娘们也没过来加油，到底还是被车间主任下死命令逼了过来，瞅着一个个扭扭捏捏无精打采的样子，估计是怕看着丢人。

一个姑娘提心吊胆地问场边的人：“几比几啦？”

“3：0。”

“我就说呢，还不是太惨。”

“你们3，烧炉0。”

“什么？我们3？”

“谁进的啊？”

“都是那个小个子进的。”

……

于是乎，姑娘们激动起来了，拼命喊着新平的名字给新平加油。

这么多年，新平第一次跑到腿抽筋了，四仰八叉地被几个人抬下了场。不过到底把胜利保持到了终场，爆了最大的冷门。

L老师自然也是看的，就记住了新平。

L老师据说是研究原子弹铀浓缩的，原本都退休赋闲在家几年了，被FH公司总裁从上海请出了山，筹建FH研究院。

因缘际会，L老师后来就把新平也弄去了研究院。

当时公司有博士后流动站，且与某名牌大学、科学研究院一起合作一个项目。某名牌大学的是一个博士后、两个博士，科学研究院是七十岁的L老师牵头，公司研究院这边是新平。

新平的小组有一个大学女博士后陈博，还有几个大学生。那时新平的英文很烂啊，天天抱着厚厚的《牛津大词典》钻研资料、设计配方。为此L老师还经常在大会小会上夸新平，还找GH公司的经理，直接把新平的工资连升三级。

那时公司是大小周工作模式，大周六天，小周五天，作业员是三班倒，职员是八小时工作时间。新平那时中午从不休息，也没有周末与假期的说法，天天夜里十一点半才回去，劲头十足。

但最终也只是每天做做试验、写写论文而已……

天气闷热不说，还潮湿，刚好那时又赶上了回南天，到处湿漉漉的，内裤晒了一个星期也不干，大家就把内裤挂在宿舍的风扇上飘荡。

新来的大学生是要军训两个星期的，白天大部分时间在德庆县拉练，晚上宿营在一个小学里——其实就是和衣钻在睡袋里直接睡在水泥地上。饭是当地的一个村民做好送上来的。德庆是粤西最贫穷的地方，经常有一群旧衣脏衫的孩子远远地围过来，眼巴巴地望着新平他们吃饭。新平就叫他们过来一起分享，瞅着他们吃得香，新平也开心。

压抑无处释放就在教官身上找出口，所以新平和一些较调皮的就经常被罚站军姿。其实所谓的教官就是集团的保安，都是退伍军人，军事素养还是相当不错的。

记得有一回，大家打着红旗走在田间的小路上，这时前方一头体型硕大的水牛发疯似的朝人群冲了过来，众人纷纷跳入稻田，跌得满身泥水。

饮食方面也受不了，不是炒粉就是米饭，菜是苦瓜居多，好不容易弄到一碗豆腐脑，竟然是甜的。天气热湿度又大，公司中午都提供凉茶。这也是广东的特色了，苦苦的，跟中药一样，不过降暑确实有效。

很快新平的头发也开始掉了起来。尤其吉林和黑龙江的两个哥儿们，掉得更厉害，额头基本都秃了。大家就合计，是不是在理发店洗头的时候，被服务员的指甲抠掉的。

在片式电容片式电阻领域，FH公司在国内是绝对的翘楚。

据说公司之前是生产收音机的，都是梁总高瞻远瞩，早早地布局、转型，从美国引进第一代设备与工艺，开启了片式元件的纪元。虽说，公司地处粤西的肇庆，位置偏僻，但战略方向对了，便抓住了发展的黄金期，迅速成长为行业的巨头。

中高层管理人员基本都是肇庆本地的，学历层次普遍较低，基本都是高中、中专。一开会就是粤语，新来的这批外地大学生根本听不懂，他们上面讲他们的，新平他们就下边玩自己的。

那时会粤语是非常有优势的，不但工作机会多，且同样的岗位，薪资会高出一大截。有心的大学生们便学了起来，主要是跟着收音机学。新平也曾用功学了一段时间，确实无语言天赋，一个月也就只学了一个“叼”字，还是踢足球时被那帮本地人熏陶的。

工艺先不先进暂不说，复杂确实是复杂的。工序繁多，有瓷粉配方、研磨、薄膜流延、内电极银浆印刷、堆叠、层压、切割、高温去胶、烧结、研磨圆角、端头镀镍、高温烘烤、电镀、测试、编带包装等。

核心的工序，主要有配料研磨、丝印、烧结。那时新平被安排到丝印、切割两个车间做工艺员。

新平认识的小妹是四川泸州人，与新平是同一个车间，做切割工位。

那时她才十六岁，刚从中专毕业。

其实初始，新平与她并不熟悉。平日里，经常见到她们几个一起过来的小姑娘，跟一个纨绔子弟般的大学生打得火热，新平就莫名地排斥。虽然小妹很少参与搭讪，但对她还是有些许反感，或许是他太封建古板了吧。

俩人后来熟悉全是因为新平的一个黑龙江的哥儿们。具体他俩是怎么熟络起来的无从考证了，后来在周末的时候新平与他们几个就经常一起逛逛鼎湖。因是一个车间，且碍于兄弟的面子，接下来在车间碰到未免与她多些寒暄和照顾。

渐渐地，新平发现小妹与另几个一起进来的姑娘不同。她虽然也是伶牙俐齿的，但从不跟不相干的人搭讪，顶多是微微一笑。她也是传统的，更是懂事的。她是家中的独生女，却从不娇惯和奢侈，每个月只花一百块钱的伙食费，平时也没见夸张的化妆。从不请假，每天上班都是兢兢业业的，月底产量始终在前三名，为此经常受到车间的表扬。

两个人越发地熟络和信任，渐渐地无所不谈。好多男孩开始追求她，难免会书信传情，她就会把信交给新平，叫他这个大哥出个主意。在新平研读书信的时候，分明瞄到，她用眼角偷偷地瞄自己的脸。新平的内心也是莫名地惆怅，且酸酸的，故而每回都会用他异常敏锐的“嗅觉”找到诸多的“马脚”，小妹就释然般的笑了，说：“幸亏大哥看得透彻……”

之后新平被调入了FH研究院，但平时也常常找空，到小妹的工位聊上一阵子。

有时，下中班的时候，他们也约上一起到厂门口喝上一碗糖水。

在研究院的时候，新平后面是小马，一个瘦瘦的精神特足的女孩，河北人，也是大学生。

平时他们与江西的一个矮个男孩，经常一起出去吃饭。她羽毛球打得不错，新平正好也有此爱好，周末便经常在她宿舍的楼下打上半天。

很久了，小妹的车间新平也没有去了。奇怪的是，不论上班的路上还是门口糖水的摊位，再也没有偶遇到她。

一来二去久而久之，新平对小马产生了强烈的感情。

经过精心策划和激烈的心理斗争，那天晚上去体育中心的路上，他勇敢地牵住了小马的手。

她也没有拒绝，反而与他靠得更紧了，新平的心怦怦地跳，手里湿湿的满是汗水。

他们就这样沉浸在甜蜜的爱的海洋里。直到那个中秋的月夜，她拼命地抱着新平，直勾勾地盯着他的脸，那反常的样子把新平吓坏了。

“你这是怎么了？”新平问。

“今晚我要把你好好地看个够……”

原来，她的男朋友要来找她了，两个人其实在大学便早已同居了。

新平痛不欲生，喝得醉醺醺的。

很快，也不知是什么心态，新平跟同事介绍的广西的一个姑娘，就是他现在的老婆约会了。

其实开始新平是不喜欢她的，她也感受得到。但在回宿舍后，偏就发错了信息，原本是约同事周末去玩的，结果发到了她那里。她居然直接就答应了。没办法，那就只好硬着头皮再应付一次。哪儿承想，第二次的相处新平觉得她还是可以的，主要是朴实、稳重、真实。

再次见到小妹是新平离职前的某个傍晚。新平带她到自己的单身宿舍，她与新平一样，都是满脸的惆怅。其实即便是那时，新平的内心深处还是暗暗下了决心：如果此时小妹表白，他还是会不顾一切地选择小妹的。

但什么都没有发生，小妹祝愿新平跟他老婆永远幸福。

送她下楼，新平分明看到她沉重的步子和眼角的泪水。或许，小妹是期待自己开口吧。

L 老师，大家背后都称他为“L 老头”。

他老婆，C 老师，也是满头白发，以前是研究化学的，也陪着一起来了。公司的酒精、电镀液都是她开发的。

他一个大实验室，C老师一个大实验室。

C老师平时冷冰冰的，除了研究院的文员经常陪伴左右，也未见她跟其他人有任何的亲近。

新平琢磨了下：明明无尘纸一大堆，却仍然敲开了她实验室的门。

“C老师，您那里有无尘纸吗？借我些。”

“有的有的，小洪你等着，我去给你拿。”C老师脸上满是笑容。

以后新平隔三岔五地就借点东西，关系越发密切。估计老两口也没少念叨新平，反正每回新平借完东西，L老师也瞅着新平笑眯眯的。

说是到研究院，其实还是要被原来的公司同步领导。

每周新平还是要给GH的技术部部长汇报工作。以前技术部部长对新平是很欣赏并且很客气的，大概他与L老师整出了什么芥蒂，就开始把气撒在新平的身上，不断地在报告上找新平的碴。有回陈博刚好从小会议室路过，听到技术部部长对新平的刁难，就告诉了L老师。

L老师就找到新平，问新平怎么回事儿。

新平就一边说没事儿，一边貌似平淡地说：“其实他就是对您不满才故意找我的碴，他就是一个小心眼儿，睚眦必报的人，以后还不知道会搞什么动作呢。”

L老师气得发抖：“新平，没事儿，你等着，你等着……”

结果没几天，L老师和GH的总经理一起召集了个扩大会议。

决策成立个新工艺车间，然后就说这个车间有多重要，接着就说这么重要的活儿非技术部部长不能胜任。

跟技术部部长素有恩怨的品质部部长，胖胖的肇庆女人，差点没有捂嘴笑出声来。

看来L老师确实出手不凡。

这还不算完。

接着就是一系列的安排和打招呼，且关键的节点都安排了与技术部部长不对付的人，新工艺车间的工作推行是步履维艰。哪怕一个小试的单子也半拉月批不下来，不是这违规就是那不合理的。没熬上三个月，这个技术部部长已经被弄得心力交瘁，就提离职了。

在快离开的那个晚上，技术部部长还悄悄地把新平拉到他的办公室中，掏心掏肺，声情并茂地倾诉：当年读大学时家里是如何如何地穷苦，为此家里卖了祖屋来交学费；到FH是如何如何地拼命，并解决了FH引进美国母公司的技术碰到的几个技术难题，年纪轻轻的便成了集团的总工；L老师是如何阴险，把他弄到新工艺车间……

最后又叮嘱新平与L老师保持距离，弄得新平的心里不知是什么滋味儿。

在FH待满三年的时候，新平辞职带着老婆回了东北。那时老婆已经怀了孕。新平先是在沈阳找工作。

妹夫在沈阳刮大白，新平就寄居在他的小房子里。每天除了投简历就是跑人才市场，折腾了一个月，始终都没有合适的，甚至连面试的电话也没有接到一个。加上对老婆思念的煎熬，就回了家。

老婆大舅家的表姐，被拐卖在了唐山，这时他们也联系上了。那边的小钢铁厂多，新平就琢磨着能在那边找点事儿做。

说起这表姐也是颇酸楚的。妈死得早，爹身体有病什么活儿都干不了，只有一个哥哥相依为命。表姐从广西出去到广东打工时，在火车上就被带她出来的那个本村人下了药，直接带到唐山卖给了当地的人贩子。第一个买家买去后，表姐不满意，就天天哭。人贩子就退了钱，继续找买家。后来找到的就是现在的表姐夫，是家里的老大，快四十了也没有成家，他弟也是三十好几了，同样没有成家。其实他家里还是不错的，爸是前村支书，人也长得中规中矩，实在要说点毛病吧，就是人太老实，蔫蔫的不爱讲话。不管如何表姐是相中了，一年后生了儿子。

后来人贩子被抓住判了刑，南宁的公安人员也过来了，问表姐是否愿意回家。那时毕竟有了孩子，且与表姐夫也有了感情，日子过得也不错，就选择留在了那里。

表姐爹死后，哥哥日子也过不下去了，加上思念妹妹，就踏上了千里迢迢的寻妹之路。那天表姐正在院子里，哥哥坐着辆载人摩托，正一家一家地打听呢。一回头，恰与妹子打了照面，两个孤苦无依的人终于相见了，抱在一起哭得天昏地暗。

表姐夫托人把新平带进了一家小钢铁厂。新平在这里只能干苦力活，具体的就是用小推车推废钢，一车五百斤，自己装上车推上小地秤称好，再推上高炉旁的一个大铁斗子倒进去。其他的人分别推石灰石、煤炭，也倒到铁斗子里。机器开动，大铁斗子被滑轮带上高炉，然后进行下一个循环。新平一百一十斤瘦小的体格，在巨大的高炉面前尤其显得渺小。

才一天，新平的骨头便散了架，满脸的乌黑，鼻孔也是黑黑的。

因生活所迫，新平决定返回广东那年，女儿刚好一岁。从她被奶奶抱在怀里那一刻起，就不住地哭，幼小的心灵似乎感到了分离。新平和老婆咬咬牙，头也没回地走了，心里的血在滴……

到秦皇岛已是晚上，刚住进旅社，新平妈的电话就不断地打来，女儿已哭得不行了。

一夜的煎熬，新平夫妇天一亮立马退票，踏上返回的班车。六七个小时的盘山路，赶到家再见到女儿时，小弟正把女儿抱在怀里，在院子里来回走路。女儿气息很微弱了，只听得到轻轻的啜泣声，眼睛肿成了一道缝。新平一把将女儿抱在怀里，无声的泪水早已滑落。

接下来的几天里，新平和老婆有意识地缩短同她在一起的时间。待她熟悉了奶奶后，他们才又踏上行途。

再次回家，是两年后的春节，女儿三岁。新平事前没跟家里说，想给他们个惊喜。

大雪覆盖着辽西大地。当炊烟升起时，他们到了家门口。正在厨房烧火的妈妈首先看到了他们，于是，小弟和爹就都出来了。

新平什么也不顾，径直跑到屋里。

女儿，应该是女儿，站在炕上，穿着红色的棉袄，正趴在窗户玻璃上向外看，嘴里嘟囔着：“干啥去了，都干啥去了。”新平默不作声。十几秒后，她意识到后面有人，转过了身。对视，静止，几秒钟后，女儿张开双臂发疯似的扑进新平的怀里。

女儿，原谅这个不称职的爸爸吧，现在才让你体会到父爱的温暖！谢谢你，宝贝女儿，没有丝毫怨恨你的父亲——爱你的却无法给你完整的父爱的不称职的父亲！

2008年，新平刚加入D公司的时候，老婆第二次怀孕了。

新平说打下来吧，经济不允许，等两三年再要不迟。老婆不乐意，就打电话给在东北的爹和妈。妈说要生，爹也说生，还说养不起他们来养。老婆胜利了。

不到一个月，老婆便干呕不止，反应剧烈。班是没法上了，新平就叫她辞工在家。

那时新平的底薪是两千二，算是新员工中较高的了。算上加班，一个月可有三千多块。但月月光，租着单间，什么也不敢添置。就这样，老婆生儿子，带儿子，直到儿子六岁上了学，重又进D公司做品管。新平也在D公司熬了七年了，一直不敢动弹。

儿子上学后，老婆也上班了，若新平一时没有收入，至少基本的生存是可以保证的。于是，新平就跟老婆商量跳槽，老婆不同意。这一次新平没有妥协，因为他晓得凡事听老婆的，生活不会有大的波折，但几乎也没什么出息。

在一个地方待久了，想挪个窝是非常惶恐的。

S公司的副总助理给他打的电话。公司在塘厦，新平坐公交车去面试。

是副总的助理接待的新平。

他首先把新平带到楼下靠角落的一个小屋子填表。

过道里顺次摆着两张桌子，三五个待入职的员工也在填着表。机器的轰鸣声非常吵闹，透过里面锁着的铁门的缝隙，分明看到了一排巨大的注塑机。他非常泄气，直接就打算回去，可又一想，大老远的来都来了，为啥不跟副总聊聊，也长点见识。

到了四楼，刷了两道门禁才见到了副总。他又高又瘦，腰弯着，说话有气无力，眼睛时不时地瞟新平一下。简单聊了两句，仍是他的助理带着新平去车间。

长长的窄窄的通道两边，是一个个独立的办公室，有市场部、研发部、测试中心、采购部等。直接去的是相邻那栋的电子四部，看了不到五分钟，新平说可以了，助理便又带他回来。这回是从后门进的四楼，这边的门禁居然是刷脸的，着实令他印象深刻。

副总出去了，没在办公室，新平坐在外边等。

一会儿，副总回来了，看到新平，觉得有点不靠谱："这么快？"

他问新平看到了哪些问题，该如何改善，新平便娓娓道来。初始他也不看新平，低头忙着签他的一大摞文件，眉头皱着。渐渐地，他的眉头开始舒展开来，签字的手也停了，眼睛盯着新平，开始放出光来。

报到后，副总叫了电子四部的一个拉长上来带新平。一聊才知道，这个拉长也是新入职的，研发部的储备干部，以前从未带过生产。新平的心开始犯嘀咕，但还是跟他来到了生产线。

完全是手工作坊的生产方式，成品、半成品堆得到处都是，乱糟糟的，菜市场一般。

全面观察后，新平决定首先完成两件事儿：一是搞定位，整理好 5S，二是以 IE 工业工程师的手法测量作业时间，了解产品，确定节拍、线平衡等。

拉长按新平的交代去领红、黄、蓝三种颜色的胶纸，新平这边开始拿码表一站一站地测量。两个小时后，新平这里线平衡都算完了，该如何重新分配作业动作也确定好了，拉长还没有回来。

新平打电话找他，他说领不到胶纸。新平就跟他一起到处去找，仓库说没有，就各车间借，也没人愿意搭理他们。到底还是没有搞到，新平就说算了，咱们自己申购吧，优先还是重排动作，重做 SOP。结果叫车间 IE，半天才晃荡过来，拉着一张脸，好似谁欠了他两斗粮食似的。新平硬着头皮给他讲如何重排动作以及为啥这样排，等等，他就东拉西扯，这个出问题怎么办那个出问题怎么办，然后直接扭屁股，走了。

这还怎么继续。

但即使决定离开了，也不能让人家认为自己无能，新平打定了主意。离上午下班还有半个小时，他开始着手写报告，作业时间、线平衡、改善策略等列得齐整，逻辑清晰。

来到副总办公室："副总，大概占用您五分钟的时间，简要汇报一下上午产线的诊断及改善报告。"

副总非 IE 出身，但他显然是听懂了，完全被新平的报告吸引。当新平说到可以提升 24.5% 的时候，他投在线平衡图上的目光移到新平的脸上，分明是欣赏和欢喜。

"副总，还有个事儿，我明天要请一天假……"

当然，他最终还是留了下来。因为第二天，新平刚准备去下家面试的路上，人事各种问候的电话便一个接一个地过来："洪先生有什么困难吗？洪先生睡得好吗？要不要给你再换个单间……"

还有，当然都是后话，那条生产线的提升果真是 24.5%，分毫不差。

到 S 公司报到后，首先改善的是一个最大量的机种。两条线同时在生产，每条线三十五人，每天十二小时，日产量每线三千五百台左右。

出货压力巨大，成了整个公司的焦点、痛点。新平被派了过来。几千人的公司，副总不可能时刻在旁边支持，他只能一个人去战斗。

全面量测诊断后，新平开始着手改善。还没有完成几站，主管带着她的助手过来大吼大叫，并把手里的夹子摔在新平的面前，要求新平务必改回来。

非常局势非常手段，公司不会允许新平按部就班，先慢慢培训再行改善。一周，顶多两周，如果没有效果，新平指定打包走人。走则走矣，关键是人家背后还会说你无能，骂你蠢。

新平得寻求副总的亲自支持。新平改善，他只需站在线上便可。

到下班前，全部改善完毕，一切顺利，副总和新平都十分欣慰。

反扑是必然的，只是没有想到这么快，这么没有底线。

第二天线上几站测试仪器都被人做了手脚，无法开动了。其实后来思考，是疖子总得出头，见不得光的东西越早暴露越好，越有利，藏在阴暗处反而难以防备。

新平找副总："不行，咱得有自己的人。"当天便调来一个新主管，专门负责这条线。

顽固的旧势力指定不甘心，一波又一波的反扑即将到来。

"法不诛心"，新平只守定一条：背后搞小动作的不去管，谁跳出来杀谁，谁出头杀谁。他们不敢明着自己站出来，而是怂恿员工。员工有的本是和他们一伙儿的，有的是怕他们的权威，便接二连三地跳出来搞事情。生产线上三十五人，新平也不可能盯得过来。但新平清楚哪个怠工，先礼，不行的，做给你看，或者调人过来做给你看。

那一天，新平直接开掉了六个刺儿头，局面迅速稳定下来。

新平也可以真正地实施改善了。

其一，标准化。原来根本没有此概念，节拍混乱不堪。有的离岗去搬料，有的去找工具，有的上厕所……新平把非标准的动作提出来，专人做成标准动作，每位员工只需循环做他的那一站的标准动作便可。“水蜘蛛”专门加料，且两BIN，即每站材料都配两盒、套，空盒子便是信号，拉动水蜘蛛补料。易损件、关键件也是两BIN，如烙铁头、锡丝等。

其二，找瓶颈站，提高线平衡。改善瓶颈，也叫TOC方法。对比来看，精益生产若望远镜，六西格玛若显微镜，TOC则是放大镜。效能来说TOC起主导，这也是他曾就职的D公司制程的精髓。

其三，主抓人的要素。在精益生产中JI（工作教导）非常关键，多能工、技能矩阵是基础。事都是人干出来的，人的技能水平、质量意识如何，直接决定制造的水平。有一站是手工在PCB上背焊散热片，一共三个人。不良品太多，根本流不下去，总检把不良品不断地传回去返工，节拍完全乱了。新平拿来色笔，叫他们一人一种颜色，打记号。很快新平便知道是谁产生的不良品多了，也清楚谁的问题出在哪儿了。立即进行针对性的JI，很快，本站瓶颈解决。

其四，能分解的不并行。对于复杂的站别，同时有两人及以上作业的，进行拆分，每人按顺序负责几个动作。其中有一站焊小板飞线的，六根，原三个人并行作业，调整后每人负责两根不同颜色的线。如此，动作简化了，会越来越熟练，也不容易出错；

责任明确，谁产生的不良品一看便知，也必然更用心。

如此等等，不一一赘述。

那几天上产量的时候，新平自掏腰包买饮料摆在线头，只要达成当天的标准便每人一瓶。每天也与员工同甘苦，亲自跟到10点半方才下班。

期间有个插曲。

因为那时生产线上还没有自动感应计数的电子看板，小时产量由拉长手写在白板上。当时两条主力线同时生产一种产品，没改善的线产量没有变化，新平改善的线产量直线上升。当时新平便多留了个心眼，把两条线的看板数字都拍了下来。后来到晚上下班时，不知为什么，那条未改善线的拉长把原来写的全部擦了去，重新改写了数据，变得与新平改善的线产量持平。新平心里有了数，但也没有声张。

第二天，老史果然早早地就过来找副总。很快，副总就叫新平进来，他正一手扶腰地站着，脸色相当难看。

老史继续说着："洪先生改善的线跟没改善的那条线的产量也没有任何区别。"

副总就问新平，新平十分沉稳且掷地有声地说："这个我就不清楚了，每个小时的产量我都用手机拍下来，后来下班时那条线的拉长又全部擦掉，不知为什么重新改写了……"

不等新平说完，也没看新平手里展示的照片，副总立马重重地拍了桌子："老史，谁安排做的假，马上给我说清楚……"老史支支吾吾地说他也不知道，说是回去调查下。

等老史走后，副总气愤难消，说是把老史开掉。新平就劝副总绝不能这么干，其一，新平说自己理解，他们带了那么多年的电四没有什么变化，外人才来两周不到就发生了翻天覆地的变化，他脸上挂不住。其二呢，新平没有跟副总讲，他心里琢磨着：毕竟电四只是他改善的第一个车间，后续还要到好几个车间及各分厂改善呢，如果老史被干掉了，指定人人自危，以后新平就真正寸步难行了。

最终的成果是，线平衡由原来的只有68%提升到87%，减了五个人，产量先是提高到四千台，接下来又到四千三百台，只要十一个半小时便可，可以说是创造了奇迹。老板也亲自到新平位置上，笑眯眯的："洪先生，历史纪录！"

不久，原来的主管也主动向新平靠拢，后来关系还很好，后续平行展开的改善，她给了新平很大的帮助。其实也是自然，当了十几年的主管，局势还是能看得清的。老史对新平更是崇拜加感恩，一到车间开班前会就一个劲儿地说佩服洪先生，绝对的高人，并说以后凡是洪先生要求的务必全力配合，谁不配合谁就是跟他作对。

新平总结起来：任何变革都是艰辛的，因为改变人的思维最难，何况是几十年的老企业。古往今来变革成功必有三个重要条件：一、主导改善的人要有真本事，精通本行，此外情商、意志、胸襟、手腕缺一不可；二、高层的全力信任与支持，不受挑拨离间，并及时协调资源给予支持；三、一个有相近思想，有能力、有意愿的团队，有可以处罚的特权，至少跳出来阻碍的人，团队领导可以用雷霆手段处理这些人。

当然，这几条是相互关联的。你不强，高层也不愿更不敢赌上自己的"政治生命"，义无反顾地支持一个空降的"新人"。成功无他法，要不自己强，要不依附强的人。

用了差不多半年，整个电子四部那十几条线便基本改善完毕了，每条线的产量平均提升了30%，且几乎没有投入一分钱，全是用IE的手法。当然除了各种点的改善，最系统的工具便是线平衡。

所以，经常就见到副总拿着新平做的“以前”和“后来”的线平衡图，在会议上问老史：“是不是给你拉平了？”老史就说是。

说是会议，其实就是每天早上的固定例会。在副总的大办公室，一群经理围坐在副总的办公桌前，先是汇报各自部门的工作，接着就是发布各种指令。有时开完会也会扯点闲篇，副总除了每次吹下自己的羽毛球如何厉害，就是拿老解——解三多找点乐子。新平更怕副总兴奋过度，一过度就会找部门经理打赌，一打赌，新平就基本掉一把头发。

电四改完了，破了历史纪录，老板开心，副总自然更开心，不免就把新平捧上了天。

老板对老解说：“老解，就你电三那些线，洪先生一过去随便都是20%。”

老解就说：“其他线或许可以，但测试包装线够呛。”

“咱就赌五百块，就拿你门口那条测试包装线来试验，一周时间。”

毕竟是新来的，大部分时间新平都泡在电四进行改善，电三几乎很少过去，于是怀着忐忑的心情到了那条测试包装线。之所以忐忑，不单是对情况不明的不安，主要是担忧副总的脸面啊。

这是条八人的小线，线速只有四秒，每人一个动作。

拿码表测试了下每站的作业时间，算了下线平衡，93%。新平立马就傻眼了，呆呆地站在生产线上半天没有说一句话。显然，原来改善电四的大杀器，线平衡优化指定不行了，你就是弄成 100% 的线平衡也只有 7% 的空间。

直接回复副总说不行是不可能的，毕竟会议上信誓旦旦地宣扬出去了，总不能让副总的脸掉地上吧，再说轻言放弃也不是新平的性格。

整整五天没有睡着觉，好在那几天副总貌似挺忙，根本没有顾得上问这件事。新平也在精心地闪躲着，避免跟他照面。

第六天上午，新平对着那八个孤零零的数据发呆。突然，灵光一闪：为啥不回归到 IE 的根本，做时间价值分析？

果真就发现了大问题。别看线平衡很好看，魔鬼就隐藏在细节里，魔鬼怕剖析。拿放一次产品就占去了两秒，余下的有价值动作不到两秒，价值比不到 50%。

那么拿放一次做两个动作呢？

一下子就豁然开朗了，分成同样的两条四人小线，每条线的线速变成了六秒。天啊，提升 25%！就是这么神奇。马上按此实践，当天下午就达成了预想目标。

新平极度憔悴的脸开始泛起了光，但还得沉住气。果真，副总奔着他的位置来了。没人比新平更懂他。

“线平衡多少？”他的自信挂在脸上。

看来他还是太小看 IE 了，以为靠着一个调整线平衡就可以打遍天下了，哼，有你学的呢。

“93%。”新平佯装低落地说。

他的脸立马就青紫色了，或许他开始为自己当初的冒失而后悔不已。

沉默了半晌，新平觉得给他的“教训”应该够深刻了，便缓缓地道来：“但是，通过改善，已经提升了25%，接下来还有几个点的改善，预估后续还会提升到30%。”

“什么？是么，怎么回事？”他的眼睛射出了异常兴奋的光。

新平就演算给他看。作为非IE出身的副总，他的悟性还是杠杠滴。

瞅着他如风般离去飘起来的背影，再看看已经黑压压挤满了他办公室的脑袋。新平知道，又一番吹捧即将猛烈地开始了，赶忙暗自祈祷：千万不要再出什么幺蛾子啦，我要睡觉！

果然，新平很快就将知道自己的下一把头发死在哪儿了。他被喊进了副总办公室。

原来电三的老解说一部的货梯不够用了，需要申请再安装一部，副总叫新平调查研究下。看他的表情，应该是骨子里都默认了老解的报备，只不过是安排新平走个过场罢了。

以前一直在车间对产品线进行改善，这样的专案倒是第一次，勾起了新平的好奇与斗志。

思路清晰，任何事儿就都不是事儿了。

首先，新平开始做现状的调查，接着才有的放矢地进行系统地改善。

看看公司大体的布局。

电三部在1号楼的三楼，另一半隔开的是公司办公区。一楼是注塑车间，二楼是电线车间，四楼是材料仓（外购及自制）及成品仓。

电四在2号楼，楼下有一大片雨棚。

只有一层楼的3号楼在电四的2号楼前边，是SMT（表面组装技术）车间。

第一步，新平收集统计了各个流向的货物归属及数量。

第二步，新平把货梯上下每一层的时间用秒表码出来，算上上下货的时间及给的宽放，结合第一步的货物流向和数量，计算出当前操作模式电梯的负荷。结果一算，只有75%，也就是说一部货梯完全够用。

第三步，按第一步调查统计的，把不合理的物流进行改善。譬如，1号楼注塑车间注塑的外壳，不管是电三的还是2号楼电四的，都要上到四楼的仓库，到时再折腾下来，成品也是如此。改善后，电四的成品不入仓库，直接放在2号楼底的雨棚。注塑的外壳就直接分类放置在注塑车间的物料超市架，不再上四楼。不管是电三需要还是电四需要，直接由注塑来配送到车间便可。

如此等等，再一计算，负荷竟然50%都不到了。

第四步，再看下人力配置及操作方式。

货梯是不能载人的，每一层楼的每一车间都配备了至少两个人进行专门的电梯货物运输，合起来有十个人。

都是自己对自己货物负责。把货往电梯上一撂，人就爬步梯。常有什么事儿打岔了，或者其他的什么耽搁，这个货即便到了，也是没人会动的。电梯就这么不断地上下游荡，到每一层，别人看到里面有货自然也是没办法操作的。

还有实在等不及的，就把里面的货卸下来，把自己车间的货上了去，经常发生到处找货的情况。

每一层电梯外边都堆满了货，上下货越发受到干扰，效率非常低下。

十个送货员大部分的时间都花在了上下楼梯、找货和各种等待上，非常浪费。

新平的改善是：

整个电梯运货组统归一个人负责，打破部门的壁垒。

在每层电梯外各画上一个上货区和下货区，每个区域只有两个栈板的位置。

制作货物流向指示牌，还有紧急配送的红色指示牌。

货梯里固定站一个有货梯操作资质的人，按货物流向指示牌开货梯，并负责把货物拉到下货区。每层电梯外只配一个人，负责上货，并把下货区刚下来的货负责配送到目的地。

如此，节省了五个人。余下的五人仍然可以轻轻松松地操作，甚至在闲了的时间还可以安排其他的临时工作。

一部电梯、五个人、穿水泥地板的基建等费用合起来，直接就是节省了一百多万。

且电梯还是原来的那一部电梯，经改善后，尚有一半的余量。足以应对未来的增长需求了。

整个公司都轰动了。

从此以后，这个经典案例经常在各种会议上被提出来，被称之为“洪先生的电梯”。

推究起来，Jack 算是新平的第一个精益老师。

其实新平在 D 公司的时候，已经较系统地了解了精益。但那些老师几乎都是学院派，实践不行，理论也飘忽，那时新平就特别反感排斥。那时有个叫蔡老师的，是新加坡华人，在台企的圈子里名声很响，被 D 公司的总裁请来做顾问。这蔡老师是个大忙人，不只挂着D公司的顾问，所以一个月也就在产线溜达一两个小时，平摊在几个厂，其实也就是走马观花，但他带来的改善理念和机制，确实对公司非常有帮助。

公司有专门的PIT部门后来改名LSS部门，负责改善推行的。

公司主要推行精益的，是一个已经退休了的白头发的老头——程老师。

程老师是标准的学院派，且极度虚荣，上的课挺多，挺飘忽不算，每次上课前，都要花十几分钟把他的辉煌履历过一遍，占了PPT（演示文稿软件）好几页。他不厌烦，大家却早已听得反胃。

对人反感，对他推行的精益也就抵触，所以也没有学到什么真东西。

新平到S公司早Jack几个月。Jack比新平还年轻，冷冷酷酷一副高傲的样子，留着一撮小胡子，像个搞艺术的。

他坐在新平的后面。公司一个处得比较好叫阿飞的IE，是公司调配给Jack的唯一下属。新平与Jack虽然平时只是礼貌性地打个招呼，但他教导阿飞的话新平还是听得懂的。渐渐地，新平开始认识到这个比自己还年轻几岁的小伙子不简单。

于是，新平也有意识地主动请教他精益的问题，虽然他有时也故弄玄虚，但确实对新平启发不小。

在塘厦，新平与他都是孤单的。于是在下班的时候，他们就相约着一起到广场的台阶上坐一坐，谈谈人生，谈谈理想，排解着寂寞，就这样越发熟悉了。之后在公司里，新平也会找他单独上些精益的课。相处不到两个月，他又有了新的去处。临行前把他电脑内存储的认为有价值的资料，全部打包无保留地给了新平。

那时公司会不断地请外边的顾问来公司上课。

但大多数都是泛泛之辈，“学艺不深”且错误百出。

当时听说又请了一个王老师来做顾问，虽然早都麻木了，新平最终还是抱着一丝幻想去听。

记得，第一节课是《精益实施的战略部署》，虽然是笼统地谈，但新平觉得此人不俗。

“名师”尤其是大师级别的，一辈子遇到一个都足以令你的人生升华，王老师就属于此类。

他原在某特种车辆厂做总经理，后来受到排挤打压，离职，去加拿大某意大利公司。该公司主要是给一家汽车公司做汽车配件的，是这家汽车公司最大的供应商。如此，这家汽车公司对该公司人员进行了系统的精益培训，包括王老师。再之后，拓展中国大陆市场，筹建新的制造基地，王老师便两地飞。

新平有幸跟着王老师上了整整一年的课，精益的五个步骤各种理念、手段、方法，均系统地学了，并亲身实践，标准化、JI、VSM、A3、方针管理、KanBan……

有近十年的IE基础，很快便打通了“任督二脉”，新平从此真正地拥有了精益的翅膀！

不知从何时起，生活了十几年的东莞，让新平越发感到陌生了。

嘈杂、躁动、忙乱依然，却少了几分生气和活力，甚至不再喧嚣。挂在每张脸上的兴奋、活力不见了，取而代之的是慌乱、沉重、失去目标和奔头的麻木。到处是荒废，遍地是残破，俨然一座开采殆尽的大矿区，原本宽阔平坦的马路，挖得支离破碎……

东江之水，依然浩荡如斯，一艘堆沙巨轮顺江缓缓而下，长笛凄厉震颤……

新平突然又想起了儿子。那次周末来塘厦，新平在上网，他到阳台去玩。

好久，也不见儿子回来，新平有点奇怪但也没在意。直到隐约听到儿子的哭声，新平才发现，原来儿子不小心把阳台的门关上了，在那边拉来拉去根本开不了，却又不敢叫爸爸，说是怕爸爸骂。这时，新平才意识到，自己以前对儿子可能的确有些严厉且疏于关心了，俩人就有了一层隔阂。在后来相处的几天里，新平便有意跟儿子开玩笑，在一起睡觉也聊点心里话，无非是："儿子啊，你这么帅，你们班喜欢你的女孩多吗？"这回便轮到儿子不好意思了："哎呀，别问这个了。"……横亘在父子间的那堵墙，便在言谈间消融了。

那天，儿子早上一起来就有些难受："爸爸，小鸡鸡疼。"裤子一脱，可能是被蚊子啥的咬得红肿。新平帮他洗洗上了点药，他就说不疼了，还夸他的老爸有办法。你可知道，上次周末在石碣的时候，也是小鸡鸡，肿得跟棒槌似的，儿子不敢跟新平说，怕爸爸嘲笑他连自己的小鸡鸡都看不住。所以，不管有啥状况，他都忍着跟妈妈说，看来当个合格的老爸的确不易。

家里电脑坏了，老婆加班，就会把手机留给儿子，以打发时光。

车来车去，人来人往，新平站在塘厦的十字路口，看着红灯亮起又熄灭，望着石碣，家的方向，发呆。这一路走来，满是别离和思念，孩子也成了圈养的猫狗。他们劳碌，他们奔波，似乎永远都不能停下脚步，没了快乐，打包了亲情，把一份苦楚深深地隐藏。

生活的鞭子抽得很紧，哪里容得你回头。想起小时候，一顿饺子可以盼望一整年，但他们很快乐。那时，他们没有玩具，没有光鲜的衣服、可口的美食。但他们有泥巴，有玻璃球，有木棍……他们拥有无限的快乐。生活原本单纯，欲望扭曲了世俗。其实，每个貌似坚强的外表下，不是都隐藏着一颗柔情似水的心？

果然，最不堪是别离。尽管每周都回来一次，离开仍是依依不舍，为人父母的，永不会淡然，习惯的却是孩子。

老婆周日还在上班，新平不忍与儿子面对面道别，待儿子侧身睡着了，才轻轻地收起背包。望着儿子的后背，足足有十几分钟，才一步一回头地走开。铁门的响声还是惊醒了儿子，他一骨碌翻起身，一边揉着睡眼，一边茫然地看着新平。

“爸爸走了，去上班了，再见。”新平强装轻松，有些哽咽的语调却出卖了他。

淡定的竟是儿子：“再见，爸爸，记得用你的钥匙把门从外边锁上。”说完便倒头继续睡去。

新平嗯的一声应允，却没敢再看儿子的脸，新平怕，怕自己控制不住即将流下的泪。用钥匙旋上锁，心绪难平，这冰冷的铁门，无情地隔开了他们，但它却让儿子感到安全。

每次回家，都是心急火燎，但只要知道还有车，哪怕几个小时的等待，也不会腻烦；每次离家，都是不舍，只要还站在站台，每一秒都是煎熬。因为离家太近，唯有快速地远离，才能减弱这磁力。

没想到暑假的车票也是难买。

去东北的票尚可，而返回广州的直达票要到17号，新平的假期根本不够用。合计来合计去，只好到北京再倒一次车。11

号出发，13 号下午到家，带上女儿，14 号早上赶车去秦皇岛，16 号回到东莞。整个行程紧凑得不行，可叹的是，五年没回家了，却只能待半天，打个转身就得走。不论如何，能接来女儿，一起过个团圆的假期，都是十分期待与美好的。

新平听妈说，老爸这几年老念叨他，对孙女更是疼爱有加。看来老爸也意识到一直以来和儿女们的沟通方式不对，但毕竟心结太深，永远也不可能解开了，虽没了怨恨却也没了味道。

大外甥中考发挥还算正常，顺利地考入了县重点高中。这不知不觉恍如昨日似的，一下子，下一辈就都噌噌地起来了，看着他们都这么有出息，新平真是高兴。

7 月中旬的这一周，为了接女儿，由东莞到东北，再由东北到东莞。时空变换太快，如同梦中一般，思绪始终跟不上眼睛。新平试图在每一位亲人些许模糊的脸上，读出这五年多的故事，可是，他读不出，这辈子也不会读得出了。当新平偷看女儿的时候，经常会同女儿偷看自己的目光相遇，这份熟悉的陌生感，这份试探闪躲的亲情，他这辈子也忘不了。

不知为什么，看着斜躺在座位上瘦弱的女儿，他的鼻子就发酸，泪水就在心里淌。

女儿啊，在爸爸的身边睡得多么踏实，好好睡吧女儿，让爸爸多看一会儿你满足的、甜蜜的、充满期待的脸。这个在你的世界里，整整缺席了十三年的父亲，就这样满腹愧疚地坐在你身边。

骨瘦如柴的女儿，眼神闪躲的女儿，逆来顺受的女儿……这一切的爱都是你应该得到的啊！爸爸给你买的小盒子，睡着了也不松手；爷爷几年前给你买的毛绒猴，都破烂不堪了，也不离身半刻。让人心疼的女儿啊，今天才明白，你是多么没有安全感啊！

爸爸妈妈都远在天涯，还有什么可以依赖？

第一次等你睡着了，擎着你的小手，看着被蚊子叮过的包被你挠烂都结了痂了……女儿，爸爸已经心如刀绞，瞧你睡得多沉多美，额头都微微渗出了汗，身上仍然穿着那件你姑家邻居送的旧短裙，黄黄的，刺得爸爸的心好痛好痛……

在回广东的火车上，对座是一对老教师，带着同自己女儿一般大的孙子。新平通过聊天知道，这奶奶是有名的教育家，爷爷是校长，培养的小孙子拿了各种奥赛的冠军，各门功课都是优秀。不知怎么的，女儿也跟大家聊得火热，时不时笑得清脆。旅程漫漫，老奶奶就开始出题，两个娃娃比赛，由成语到寓言到英语，无所不谈，结果女孩是反应机敏，知识丰富扎实，全面压制男孩，搞得男孩总是尴尬地捂脸憨笑。他奶奶也开玩笑地对孙子说："奶奶的脸都被你丢光喽……"坐在一边的新平想了很多很多，这个女儿他真的有些陌生……

直到现在，新平的头还是蒙蒙的，时时发呆回不过神来。掐一掐，躯壳还在，灵魂却飘忽忽的。十三岁的女儿，七岁的儿子，步入中年的自己……一切的一切都恍如梦境。东北的家是爷爷奶奶的，是女儿的，也曾是他的。

而今那片热土，远在千里之外，是新平回不去的故乡。老婆儿子的家在东莞石碣，也是他周末的客栈，塘厦有自己苟且的窝。广西 W 县的空房子，是他们计划的未来的家，一家人的家。

但愿所有的漂泊都有一个结果，但愿所有的结果都有一个不老之期……

原 S 公司同事的推荐，加之老板的诚挚邀请，新平便离开 S

公司入职 Q 公司做了副总。

公司是电源、充电器研发生产企业，成立近二十年了，算是有实力的老企业，博世等世界巨头均是公司的客户。

有天一同吃饭，老板说准备参加成都新能源展览，赶赶风口。

新平说好。

寻思着，这活儿指定是市场总监主导了，哪承想，吃饭的时候，老板说不但参加展览还要参加高峰论坛，由新平来做主题演讲。

新平错愕：这能成嘛，连展品都是借别人的，就自己这门外汉，啥资历都没有，跟名牌大学教授，跟汽车研究所的专家，跟大车企的总工论剑？

老板说二十万都花出去了。

新平说那就整呗。心想：咋也得听个响啊。

老板又瞅瞅新平浑身上下的行头，便摇头。

新平说那也整呗，人靠衣服马靠鞍，当晚就在商场按两千的标准弄了一身。

行头好说，稿子可愁死他了，“三电”是啥都不知道，纯粹是幼儿园的写大学的毕业论文呢。

问老板思路，老板云山雾罩东拉西扯一番，整得他更迷糊，后来新平想，其实老板也不懂。

写了 N 稿，也通不过，每次老板说的都完全不一样，新平越发迷糊了。

这边还没个头绪呢，老板又说要带新平到洛阳去，帮他朋友的上市公司诊断诊断，改善改善，朋友打电话叫了好多次了不好再推迟了。新平心想：这还不都是你平时吹牛的结果。

可苦了新平了，一边给公司诊断培训，带着大家改善，一边还得继续写稿。老板倒舒坦，就当旅游了。在宾馆两人一个房间，老板偏又健谈得很，两人偏又有共同语言，文学谈完谈足球，每晚都折腾到凌晨，整得新平都神道道的了，给公司高层做演讲鼓舞士气的时候，那是文采飞扬啊，诗随口便出：“车辚辚，马萧萧，行人弓箭各在腰……”

一周后，从洛阳飞回，稿子老板也没有满意。别说他了，新平也不满意。

你不是技术“大牛”，偏就玩技术，偏就在关公面前耍大刀，这还不是死路一条。

演讲是得脱稿的，PPT 放到哪儿便得讲到哪儿。新平自己写的稿子，自己都不知所云，如何背得下来呢？

出行那天，稿子仍是不如意，但也没法子了，老板说就这样吧，颇不高兴的样子。

司机开着老板的“大奔”去的成都。

算上司机四人，研发部的项目经理同行，后备厢里装着展品。

先不去想什么稿子的糟心事儿了，这一路风景老带劲儿了，“今朝有酒今朝醉”，大西南大家都没有去过，正可以好好欣赏一番。中途在遵义休息，吃的彝家菜——八大碗，喝的米酒。1 月份，天气还冷，屋里暖意融融。那个大肚子、头上伞盖一样的火炉非常有意思。

演讲前一晚，新平的稿子还是背不下，味同嚼蜡。

新平想：不行，先别说背得吭哧瘪肚的，拿咱们的短板 PK 人家的饭碗，已是死路一条。而且自己的演讲时间是下午 5 点，刚好是饭点，专家演讲时下面的人尚稀稀拉拉的，一个毛头小子上来，人还不得走光，那不完犊子了。老板想想自己的二十万死得那么惨，还不得扒我的皮？

重来！按个人的意思完全推倒重来。反正，按原来的指定死，按自己的或许还有一线生机。

也没让老板知道。新平想：没反响，咋都不行；有反响，他高兴还来不及呢。再说，他那云山雾罩东一榔头西一棒槌的，还不得再被他带沟里。

真正按自己思路写的，背都不用背了，了然于胸。

第二天，可惨，上一个白头发专家超时了，轮到新平已是下午5点20分了，人已经少了一半，气得新平肝颤。

刚一上台，人家看他一个毛头小子，果然纷纷站起来往外边走。

新平一看不行，这是要空场的节奏啊，演讲再精彩有什么用，人走光了桌子板凳也听不明白啊。

新平看到老板远远地坐在后排，孤零零的，半低着头脸色十分难看。

刻不容缓，得立马把人“抓”回来。不能按常理出牌了，他调动所有的脑细胞，脑瓜子高速运转起来。

从成都美女开始，到成都这座城市，到本次的旅行，娓娓道来。笑声立马就起来了，走到半路的先是停住脚步，继而又回到座位。那些已经走出的，大概也听到里边的欢声笑语了，探进身子，片刻，也纷纷地找位置重又坐下了。

看着差不多了，新平开始自己的演讲。没有谈技术，谈的是新平擅长的精益的课题，有故事有情节。

演讲空前成功，掌声雷动。估计这两天，他们也是被这帮絮絮叨叨的老专家搞得快崩溃了。

老板肯定也是受用了，脸绽开了一朵花，果真一句也没问新平为啥改了稿子。

春风得意马蹄疾，宽窄巷、三大炮、茶馆、见山书局……咱们来也！

上楼抽梯又称为“登楼抽梯”或“上屋抽梯”。

此计出于《孙子兵法·九地篇》：“将军之事：静以幽，正以治。能愚士卒之耳目，使之无知。易其事，革其谋，使人无识；易其居，迂其途，使人不得虑。帅与之期，如登高而去其梯……”后来的意思有所改变，《三十六计》解语如下：“假之以便，唆之使前，断其援应，陷之死地。”即指诱敌深入，阻敌援兵，断其退路，然后歼之的一种战术。刘琦运用这一计策，迫使孔明为其谋划保全之策，可以说是这一军事计谋在日常生活中的成功运用。

此为正解，源于军事。

但实际上，在生活的方方面面角角落落，只要你用心品，“上楼抽梯”皆有妙用。

这招玩得最好的就是Q公司的老板。

他想叫你干什么了，首先会抓住你的优点特长，戴一番高帽，然后你便飘忽忽地上了楼。待你上了楼了，他便开始“抽梯”，说什么此事非你莫属，别人搞不定，或别人搞我不放心之类。于是乎，你便只能硬着头皮绞尽脑汁地把事儿做好。

还是说说上次，公司决定参加成都高峰论坛的事儿。

吃饭的时候，老板开始夸赞新平的文笔如何牛，口才如何霸道，搞得新平心里甚是舒坦。突然话锋一转：这个高峰论坛主讲人非你莫属，你文笔又好，写稿子自然也只有你能胜任。

新平本是IE出身，却搞什么技术的高峰论坛，这个跨度也忒大了啊，但已经上楼了，梯子抽了，只能点灯熬油硬着头皮上。

论坛大获成功。

庆功宴上，老板喝得有点大了，眯着眼，冲着新平炫耀："知道这招叫什么吗——'上楼抽梯'！"新平差点没吐出舌头，原来是跟我玩的兵法啊，怪不得总觉得是个套呢。

早就想说说JS君的故事。

在Q公司的时候，老板就经常给新平讲，离开Q公司后，新平也经常给别人讲，不只激励了自己，也希望激励更多的人。

JS君，稍长新平几年，只有高中学历，河南南阳人。

听Q公司老板讲，他与JS是在一家电源厂认识的。

那时他尚没有创业，在那家公司做研发领导。JS那时只是个普通的技术员。

因老乡的关系，两个很快便熟悉了。后来据他分析，这小子主动靠近，胸中自有"沟壑"。

原来，JS做技术员，机械方面精通，电子方面却平平。于是乎，就想跟他学习。

JS有空就往研发部跑，哥长哥短地叫着，不由得你不教他。渐渐地，JS的技术越来越牛，据说一台闲置多年濒临报废的注塑机，硬是让他修好了。

工厂是老板的弟弟管理，不知怎么就是看JS不顺眼，成天找他的碴。

JS的性格绵软，内向，不擅言辞，也不反抗，就这么一直忍受着。

有一次，又往研发部跑，被老板的弟弟看到了，当着大家的面，呵斥了他。

下班后，Q公司老板找到JS，跟JS说："他无缘由地总找你的碴，你为了一份工资，一直这么忍着不反击不行，一个人没了血性，一辈子也成不了事儿。"

JS就问怎么干。

"当然，咱们不干违法的事儿。以其人之道还治其人之身，你把反击他的话写下来，不带脏字的，练熟，等哪天人多的时候，他再找碴，当着众人的面好好地顶他……"

JS果然就这么干了，老板的弟弟压根没预料到他会反击，愣在那里老半天，脸涨得通红。

回到宿舍，JS跟Q老板说好畅快。JS也果真"如愿"地被开除了。

Q老板说："虽然你被开除了，可能会被动一段时间，但是，自信与血性你找回来了，这才是无价的。"

后来，JS找工作确实经过了一段艰难的日子，Q老板也不时地鼓励他。之后，在上海一家灯饰厂做了技术总工。业余自己也接点活儿，靠精湛的注塑机节能改造技术，很快便积攒了一些钱。

Q老板后来也辞了职，开始自己创业。

JS不久加入进来，做副总，JS的哥哥、弟弟、侄子也陆续加入了Q公司。

JS不满足于当前的技术了，他有更高的追求，就花时间跟Q老板学习电路设计、PCB（印制电路板）制图等更高端的研发技术。后来他的侄子也跟着学了这些，最终成了后来JS创立的G集团的研发总监。当然，这都是后话了。

2012 年，JS 敏锐地意识到新能源这个风口。

于是跟 Q 公司老板商量，回洛阳创业，搞充电桩。

创业自是艰难，哪个创业的不是“死”过几回呢？JS 也不例外，一直研发没有产出，没有进项，自己打工及接活儿积攒的钱很快没了，亲戚也借遍了，后来实在无法坚持，就把老家的房子卖了。

到底，大功率充电桩被他成功地研发出来了！

2015 年，风口来了，公司上市，JS 成了洛阳 G 公司的总经理，YH 集团的副总。

新平与他相识便是在 2017 年。因 Q 老板的关系，他们彼此隔空交流。

后来他邀请新平到 G 公司指导，算是真正地见了面。

一如想象中的儒雅，却透着一种无法形容的坚毅及勃发的力量。

2018 年底，新平受某老板邀请，从 Q 公司离职到苏州某企业上班。

12 月 22 日下午出发，北上姑苏。

一人一车，由济广到沪昆到常台高速，整整两天，24 日中午到达苏州。一路时空转换，恍然如梦。从出发伊始，天便是阴沉沉的，徒增几分孤独。

一路向北，气温渐低，夜晚，走在赣州的街上，凉风透骨。离莞愈远，思绪愈浓，孤独愈甚。

进湖南起便是一路的哩哩啦啦的雨，到赣浙更甚。高速、省道、县道，服务区、沿高速出口小镇，到处是乌泱乌泱的车子。轮胎掀起团团雨烟，你追他赶。这是怎样拼生活的人们啊！

刚过西施的故乡诸暨，豆大的雨滴又开始落下，敲打着车窗，噼里啪啦，若雨落残荷，更觉寂寞无边……再品，又像战鼓隆隆，平添几分豪情！

“姑苏城外寒山寺，夜半钟声到客船”，原来古人曾与新平一样孤独。

生命的意义是遵循内心的召唤，“折腾”只是一种形式，是为了给灵魂一个可以适时安放之所。跳出舒适圈走向未知，需要极大的勇气。其实，所谓的舒适圈或许并不舒适，只是你熟悉而已。真正的成功，新平想，人生的深度和广度一定会占大部。

距苏州三百千米的时候，从杭州的某个小镇下去加油，回来高速便封住不让上了……只好走国道，导航重置，结果，原剩的四小时直接翻倍了。新平这心呢，就跟谈迁写了二十年《国榷》，却被小偷偷了一样的拔凉。

320 国道更是水泄不通，走了大半夜，还不到一百千米。新平决定下国道，找一旅馆休息一夜。

第二天上路，仍是 320，果然通畅了，让他有闲暇得以感受一下沿途风光。

余杭一带的民居确实清新脱俗。一色的三四层小楼，人字屋顶，白墙黑瓦，不高不矮，不肥不瘦，正如苏杭之美女，窈窕而不妖娆，标致且有韵味；又似中国水墨，厚重雄浑。

租住的群租房位于 14 层，共六个单间，一个公共卫生间。逼仄的走廊，两个人都无法并排通过。

新平的房间在最内侧。房间都被派出所编了号，新平的是 6 号，蓝色的数字歪贴在门上，看着怪别扭的，有种牢号的感觉，好在数字倒是蛮吉利的。

虽说群租房拥挤凌乱，毕竟离公司不到两千米，走路十几分钟便到了。房租确实奇高，同样的房子，是东莞的三倍以上，且至少要交三个月的押金。停车不论是在小区还是公司，都是要收费的，而在东莞，从未因停车付过费用。

房东是河南的，人不错。两个月交不上房租了，新平与他商量发工资再交，也爽快地答应了。押金也是商量只交了一个月，中介同样是河南美女，当时也是只收了新平半月的中介费。河南人，实在！

房间里没有空调，且靠阳台只有一层玻璃拉窗。一是吵，二是冷。苏州的雨不停地下，湿冷湿冷的，单薄的被子抵不住寒气，连续弄了三个热水袋，总算有了些温度。

租处的一百米外，过了阳澄大道，便是青剑湖。新平每晚都会绕湖一圈，宛如自家的后花园了！最妙的是，湖的大小恰到好处，绕一圈大约五千米，刚好一个小时，既不会太累，也不会意犹未尽。

租客来来去去，在新平住的半年里，不知换了几茬了。三教九流，各色人物都有，奇葩的多一些。都不打招呼，照面也如同陌路。最受不了原来邻房的租客，一对年轻的夫妻，听口音显然是东北人。这对活宝，整天吵架，声音震天响，隔音又差，搞得新平痛苦不堪。这要是搁在东莞，新平指定会“教导”他们一下，来这里算了，入乡随俗装孙子吧，别人能忍，凭啥咱就不能忍呢？好在没两月这对活宝搬走了，总算是清静了一些。

房间靠公路，隔音又差，楼下觉着不怎么大的动静，到14楼便是放大十几倍的吵闹，就如同在床上跑火车开飞机一般。新平半年也没有休息好，黑眼圈就没有消失过。

有时吧，新平觉得自己蛮蠢的。孟母还懂得环境的重要性，故而留下三迁的佳话。群租的环境，租客素养相对良莠不齐，休息不好这个隐性的影响是无法计量的，逼仄、杂乱，便会压抑、消沉、产生负能量。

靠门的那个房间最小。有次经过，门半掩着，瞟进去，一个二十岁左右的男孩赤着上身，仰卧在床上望着天花板，扭头斜了新平一眼，仍是面无表情，分明，一身与其年龄不相符的沉重。

有时新平就想：不论在任何阶段，你选择了任何一条道路，都不免磕磕绊绊，沟沟坎坎，但，不能因此就怀疑走错了。

时空变换，心路漫漫，闯荡的人生才有味道。

戴上耳包，暂把这世界隔绝……

老板是苏州本地人，个子高高的，些许白发。年龄与新平相仿。

与他相识也是因Q公司。那时他在苏州博世，是Q公司控制器产品的主要客户。他当时虽在市场部，但到东莞出差的次数却很少，所以他们也就见了一次面，算是认识了。

后来他从博世出来，找了另外的三位合伙人便成立了当前的公司。一位是常熟的，他以前苏州飞利浦的同事，新公司负责市场。另两位，一位内蒙古的一位南通的，都是老板在博世时的供应商伙伴，在新公司负责研发工作。还有一位大佬，是投资方派驻的财务总监。

新平到新公司负责生产制造及供应链。公司新成立，除了人事、财务、部分研发、几个采购，整个制造体系是完全空白的。制造工厂都没有着落，团队更遑论了。

为此，一边熟悉产品及公司文化，一边组建团队。

昆山也有D公司的分公司。幸运的是，也顺利地从D公司挖到了两位骨干，一个负责IE，一个负责厂务。之后又网上招聘了一个IE一个ME（结构工程师）。如此四个人的工程师建厂团队就组建完成了。

首先，他们根据公司的产品及发展战略，策划选厂方略。主要看如下几点：工厂位置、周边配套（吃住娱乐等）、优惠政策、建筑结构（层高、承重、材质）、建筑面积、消防等级、电力配套等。

经多次选址对比，最终他们确定了常熟。主要是厂房最符合他们的需求，且政策优惠力度尚可，三年免租，且地方留存按落地协议会返还。

于是乎，签约，着手建厂事宜。

一边安排市场与财务着手新公司注册事宜，一边小团队策划建厂方案。

按项目管理的方式，WBS（工作分解结构）进行大项的分解，并行推进。

根据产品当前及未来的生产需求，同步考虑物流、配套设施，进行初步的规划，计算电力等公设的需求，譬如配电箱的数量位置等，然后找专业的设计院进行图纸的设计。在评估消防及规划需求无异议后，开始议价，议价通过后，会要求设计方出三维图，双方再对设计风格等进行细节的讨论确认。同步的，环保、静电、建筑施工、生产设备及线体的采购定做、桌椅板凳的采购、人员招聘等都同步按计划推进起来。

越发让新平预想不到，令他无所适从的，是不断地会接到各种业务电话，不是这个股东推荐的就是那个股东的关系户，且赤裸裸，令他花费好大的心思与精力进行权衡。

不论如何，现代化的工厂总算如期建立起来了。但几个股东间汹涌的暗潮，让新平的激情消耗殆尽，这样的公司怎会有未来。婉拒了老板的多次挽留，他还是决定离开了。

机会还是有的。

曾经S公司的同事，采购部的Tony目前到了深圳做老板助理。

因新平性格的原因，以及工作的性质，以前并没有什么交往，仅限于见面点点头而已，近日却极力邀请新平过去，帮公司搞精益生产。看来之前的声望还是让他对新平有印象的。

一面之缘的Kim，香港人，平时也仅限于微信的问候，最近也盛邀新平过去帮他。

Q老板，应该是最了解新平的老板，虽然只相处了一年，虽然离开了，却还是时刻关注着他帮衬着他。

大概也是他的主动牵线搭桥，微信告诉新平："老四现在做了G公司的副总，负责整个洛宁的制造基地，想叫你过去帮他。"

"你不是非常喜欢洛阳嘛，到时老婆孩子带过来，家就安置在那里多好。"

记得先前去洛阳的三次，都是与Q老板一起的，帮G公司做诊断辅导。

十三朝古都，底蕴深厚，中原大地，民风淳朴。

洛水之畔，邙山之脉，嵩山为邻，人杰地灵。

JS君四兄弟，早前皆为南阳普通的农民。老三JS创业，公司2015年上市，研发基地在洛阳，洛宁，2017年投资一个亿建生产基地。老大一直在南阳，在当地的一家国企上班。老二跟着JS干，负责公司的饭堂。老四有文化，当兵退伍后也一直帮衬着老三，之前搞业务，最近提为副总，负责洛宁基地。

其实最先结识的是JS君，那是在东莞，他一般来粤公干私游均会到Q老板这里聚聚。

平日里，Q老板少不得传颂双方的传奇，故而神交已久。过去帮他公司指导，也是他盛情之邀。

老四为人非常绵软，整天笑眯眯的，天然的亲和力。Q老板与新平过去，他必然过来尽地主之情。如此，便认识了。

JS作为总经理毕竟太忙，洛阳的研发及应酬等事儿均离不开他，故更多的便是老四陪着。

所以，新平的授课及现场指导，他是见识到的，心里便有了数。

2018年成都高峰论坛，也是与老四一道去的。演讲空前成功，于是对新平更增了几分赏识。

终于，新平还是决定抓住去洛阳的机会。

四千里时空颠倒，一个人，一路唯有轮胎碾磨地面的噪声相伴，徒增几倍的孤独。

算起来，是自己第二次驾车行这么远的路了。

第一次是从东莞去苏州。虽然是一个人，但毕竟有一个兄弟已在那边等着，自然减掉几分寂寥。

这次纯粹一个人，除了认识老板，全是陌生的，何况是洛宁县这样的一隅。茫茫然有遁世之感。两天漫漫的旅程已然消耗了新平全部的精力，对未来的未知和某种惶恐，更是令他焦虑不安。

新平稍有恢复，就去上班。对陌生环境的不适，急于上手的工作，如影随形的孤独，令新平有种应对乏力之感。幸好出身精益，也算有点道行，能从纷繁中迅速嗅到机会，从而及时踩准步点，不再惶惑。

职场二十年，多少次不就是这么过来的嘛，人不就是这样一次又一次淬炼才更强大的嘛。

走得艰难才是上坡的路，通往绝景的路；走得轻松了，人便越拥越多，最终卡死在半路，反而走不了多远。

不论如何，能浸染十三朝古都帝王之气，也不枉此行矣。

没记错的话这是新平时隔一年，第三次来到洛阳了。

其实，第一次，便已深深地喜欢上了这座城；这一次，竟彻底地爱上她，无法自拔。

因为这里有新平内心深处苦苦追寻的东西，她厚重深沉，而不乏朝气；又有如谦谦君子，温润如玉。这是一座包容淡定之城，有一种千年帝都积淀的从容不迫，大气磅礴！

洛宁是洛阳辖下的一个县，G公司的充电桩生产基地就设在这里。

除了一线生产员工、小部分管理人员是本地的，绝大多数工程师、管理干部，都来自洛阳，家也都安置在洛阳。

受疫情冲击，生产订单严重不足，先后三轮裁员了，还是无事可做，每周双休乃至三休是常规操作。

一到周末，所有的员工便“各回各家各找各妈”，偌大的厂区，除了门口的保安，便只剩下新平一个。

才一周，寂寞与孤单、工厂的死气沉沉，便消耗了他极大的精力与情绪。

淅淅沥沥的雨就够让人惆怅的了，何况还是洛宁的雨。

有河有水，就够让漂泊在异乡的游子愁肠百结了，何况还是流淌着十三朝荣辱兴亡的洛水。

一个完美主义的中年男人，最契合这里。

这里没有喧嚣，甚至几许凄凉；这里地广水阔，树绿天高；这里的山不耸峻，却磅礴间有浩荡之气；这里的孤独都穿越千年，载着历史的绵绵厚度，令你如醉如痴。

孤独与孤独是不一样的。

对比起来，苏州的孤独与空间有关，跳出去离开就好了；这里的孤独跟时间有关，千年的厚度就在那儿，一但沾染，便无法脱离，今后不管你走到哪儿，有多远，它就在你的梦里，血液里。

抓在左手的馒头，擎在右手的羊肉汤，嚼着喝着就过了百年……

年龄越大，离乡越远，孤独愈甚，无一时无一刻不在绷紧神经，以应对随时都可袭来的落寞。

公司离县城尚有几千米的距离，孤独从没有像如今这般浓烈，重重地压着这个离乡千里的中年人。

不是因为喜欢，而是这孤独搅得新平焦灼，常常一个人，孤零零地徘徊在洛河岸边。

不期而遇的那一片遮天蔽日的白杨，立时猛烈地触动了内心深处的某种情愫，平添十二分乡愁。

新平东北的家，便随处可见白杨。正对家门口的那一大片，还是三十年前他同爹一起，一锹一镐栽下的呢。

那年他十岁，双手还稚嫩。

转眼间，便已三十个春秋，离乡也有二十几度寒暑。

仿佛，昨天还是少年，今日便已不惑。白驹过隙，光阴催人。

躲在店外角落的那张略显昏暗的铁桌后，旁边是一大家子四世同堂热闹而温馨的聚会。他，一个人，一碗羊肉汤，一块烤馍，咀嚼这滋味……

洛宁生产基地这边，新平带着大家改善了一条流水线。

直接节省十三人，算上日常管理费用部分，一年就是一百多万的效益。

看来内地的企业，哪怕是上市公司，工业工程能力、精益生产能力都很弱。他们大多只有工艺员，知道这个产品怎么做出来的，至于如何又好又快又省钱又轻松地做出来，不是他们考虑的范畴，也没有那样的专业能力。

你是什么样的人便会吸引什么样的人，不是有人陪了才上路，而是上了路了才会有人陪。

孤独只是暂时的，何愁天下无知己。

与同事们早已打成了一片，广东的几个朋友也主动联系新平表示愿意过来。

上次给大家培训了《精益思想》《IE 七大手法》，这次又培训了《安定化生产》，理论、意识、能力、手段缺一不可。

他教财务如何像 D 公司那样搞预算，生产部如何做 loss time，技术部如何做标工、做产能规划……

一天天地，俨然成了全能战士，非常充实而有成就感。

记忆犹新的是那天到洛阳开年中会议。

从下午 2 点开始，到太阳落山，再到万家灯火。一个小时给五分钟去方便，新平也不知道开了几个小时，但他大概记得自己尿了几泡尿。

洛宁的气温这几天都是二十几度，非常舒适。离洛阳虽然不到百千米，但这里的温度会比洛阳低三四度。

空气也极清新，那是大自然的味道。

没有吵杂与喧嚣，适合一个人悠然地徘徊，慢慢地捋着往事。

新平把自己流放在这中原小县城的郊区。

其实，喧嚣热闹如果没有意义，他宁愿孤独。但，他是不可能孤独的啊。从大禹到周王到老聃到武则天，从洛水到邙山到龙门洛邑城，十三朝的更替兴衰，就跨越千年在你眼前仿佛鲜活着。隐隐地，新平觉得穿越历史的迷雾，似乎看透了些什么，显然，隔着这千年的墙，有太多深刻，新平如此渺小永远也无法触及它的边缘，但他陶醉于这种迷惘般的厚重、历史堆叠的沧桑、汤汤洛水荡荡邙山几度夕阳。

一方水土养一方人。洛宁人有洛宁人的骨肉和韵味，说不上来，得容新平慢慢体会。说是某种亲近吧，大概与他的东北老家一样，都是山区都是贫困县都是不畏困苦纯朴而坚韧的乡亲。

饭堂早上一般是玉米粥，配咸菜或炒包心菜，每周有一次小米粥；中午一般是烩面，每周有一天是米饭，那天菜也会加到三个；晚上大多也是粥。三顿都配有馒头。饭菜都是自己来打，基本是不限量的。

当你担心长肉而纠结是该吃下一个还是半个馒头的时候，某些上了些年纪的女工或许正在调动全身的潜力，只为再多吞下一个馒头或是半碗拉面，佯装的淡定根本掩饰不住面部痛苦的扭曲，腰也玩命地挺着，屁股如坐针毡般挪动。

原本按人头算起来，下六十斤卤面怎么都是够的，可很快就见了底，老张就安排赶紧再加十斤，结果还是不够，又加十斤，还是没了。老张便犯嘀咕，如此连续几个月，经人提点才恍然大悟。

行政管理人员到员工的个人碗柜里搜，果然，一个个塑料袋装的鼓鼓的。

看来是“吃不了兜着走”啊！

真的，一般人无法理解一个贫困地区的人们对吃——仅仅是吃饱的某种文化里的聚焦和内心深处的不安。这一切，新平理解，也懂。

一瓶“雪花”下肚，多少还是上了头。

新平在马师傅的门卫室坐了会儿，吸上一支烟，竟有种家的温馨。

记得来G公司的第一天，第一个见到的就是门卫马师傅。黢黑，憨厚长者的样子，热心地指点新平去办公楼的路。

今儿，刚好是来G公司三个月了，所以再到门卫室与马师傅回味一下往事，也算是画了一个不大不小圆满的圈。马师傅还是那个黢黑、肚子鼓鼓的马师傅，还是那个憨厚长者，还是那个走哪儿唱到哪儿歌声嘹亮的马师傅，而他却不知因何消得人憔悴，体重掉了十几斤，亦迷失了灵魂般惆怅孤独。

杜，是新平在这里唯一的故人，两年前过来辅导时认识的。也或许是在这里当他遇到威胁时，唯一敢于立时冲出来保护他，唯恐他受到伤害的人。如今杜也要走了，把他的心也带走了。

或许这就是人生吧。每个人都有每个人的梦，每个人都有每个人的生活，有幸能结识，再有幸能共同走一段，便是最大的缘分了。

谁能永远陪谁走一辈子？哪怕最亲密的爱人也未必可靠，也未必无时无刻真正懂你。能永远忠实伴随你的，懂你的，融进你血脉里的，唯有孤独。

新平的心，从未像今夜这般空落落。

洛河上挂着月亮，也是孤单单的，但至少有几颗星可以相望。

迈动着步子，任何的光景却入不了眼。此刻，世间的一切与新平无关，包括伶伦大桥上吹来的风。

今夜，他只愿沉溺在相思的海……

日子一天比一天漫长，把他的惆怅也拉得越来越长。县城这慢悠悠的节奏，恬淡的生活，正适合生长惆怅，而非浪漫与遐思。

万家灯火，没有一盏灯属于新平。

溜达了好大一圈儿，新平便回来了，他的躯壳。

此愁无计可消除。

摊开《资治通鉴》，已到了“梁纪”，却一个字儿也看不进，心比南朝宋齐梁陈、北朝的十六国一锅炖还乱。

见你时，树才是树，花才是花，洛河才是洛河；不见你时，这世间繁华又与我何干？洛宁的街道，跨过的每一块方砖，仿佛都刻着“想你”。新平把自己迷失了，在这个县城，再耀眼的路灯，也照不清脚下的路了。

心跳为你，心动为你；呼气为你，吸气为你……

惆怅啊，这时光太慢，这夜太长。

记不清这痛苦的折磨、爱的折磨持续了多久了，它几乎耗尽了新平仅存的一丝气力。

他会走出来的，但现在却仍在泥潭里挣扎，新平不晓得这个挣扎将持续多久，这个炼狱般的折磨还有多长。

没人喜欢这种折磨，却耽于这种折磨，因为新平怕一旦折磨没了，希望也没了，光也没了。

新平是清醒的，但此时却又是最迷乱的。黑与白、明与暗、是与非，明明是泾渭分明的啊，原本再近还是隔着一堵墙，如今却同处了一间屋，好不可理喻的纠缠。

苦苦追索发端的蛛丝马迹，他的“青萍之末”在哪儿？却不可得。

原本还是微风不躁的，现在却是平地起波澜。他的世界还在，而他却已不再是原来的他。

他好想点燃一支烟，在最黑最黑的夜，看着它在新平的一呼一吸中，一明一暗地燃烧，化烟成烬，好似燃烧着自己的心。

洛宁这俩字看上去都让人觉得平和、亲近、恬静。

这里自然不是身体的“世外桃源”，因缘际会，却是新平灵魂的“禅宗”。

洛河两岸绿树成荫，水洗般清新；遍布的彩灯，在夜晚闪烁流动；天上挂着月亮，大大的圆圆的亮亮的，或许就在邙山之上吧。

早上的饭堂，永远是属于新平的静谧时刻。

几只雀，如约钻进窗子，欢快地叽喳，自在地飞，有时停在窗棱，有时又掠过空荡的桌子。

一大碗热乎的小米粥、一个鸡蛋、几根咸菜。

小米粥要端起来一边吹着一边转着圈慢慢地呷，秃噜秃噜地出了声音才有味儿。

什么味儿？

一时也分辨不清，有乡愁，有思恋，有寂寞……

昨夜心绪有多纷乱，今晨灵魂就有多宁静。

他愿此刻的时光永远停滞，因为唯有此时，躯体与灵魂才是最贴合的。

一切都像是一场梦，他愿这梦永远不醒。

人生嘛，一半是选择，一半是坚持。选择错了，越坚持越挣扎；选择对了，也不是就没有风雨，不去坚持，仍会辜负那份美好与光明。

这世上，没什么是自然而然的，也没什么是不付出任何代价而获得的。人啊，往往惮于迈出那个舒适圈，你所处的现状就是你的舒适圈，因为你熟悉，而不管这个所谓的舒适圈其实是多么“不尽人意”。人性啊，都是如此，宁可待在熟知的黑暗，也不愿尝试有未知风险的光明。

上两天夜班，后天早上新平即将踏上返邕的高铁了。说不上什么感觉，时而幻想着，回去了就再也不过来；时而又期待着，快快地放空自己，快快地归来，在洛宁继续追逐着自己的梦。没有哪个梦，不追逐不用心不坚持便可以实现。

始终相信，自己一定有一颗勇敢的坚毅的心！

人性啊，总是那么不可思议。

做梦都想拥有的美好，在这份美好虚无缥缈的时候，人总对它那么坚定，有随时都可为之赴汤蹈火、不顾一切的豪情；可一旦这个美好突然就摆在眼前时，却往往惶惑了犹疑了。折磨人的，除了现实，更多的往往是心中的迷茫。现实毕竟可以看得见摸得着，人也知道如何能够跨越，只要两颗靠近的坚定的心就足够了。

可心中的迷茫，却需要更多的勇气和智慧方能克服。对的、错的、有道德的、无道德的，谁又分辨得清，谁又愿意接受这虚伪的束缚人的牢笼！

鞋合不合适，穿在谁的脚上谁知道。但就有磨得满脚起泡而不愿或不敢吱声的，活在世俗的评判里而走自己的路，注定是憋屈而又悲催的。

天开始冷了，秋风瑟瑟了，红叶绚烂了，黄叶飘零了……

知道济南，是因为老舍的《济南的冬天》。

驻在心里有了温度，却是因了她。

二十多年过去了。

因G公司外训的缘故，新平才有机会踏上去济南的高铁。

旁边的旅客呼哧呼哧睡得正香，新平却盯着窗外的苍茫大地，思绪翻飞。

她来自山东，新平来自辽宁。

那时，他在吉大，她在建专。

因她与他在建专的同学玩得好，故而就认识了。

她个子不高，但酒量豪横。她啥时候对他有意思的，就说不清了。初时还隐晦，后面就直白了，同学们也挤眉弄眼地撺掇。新平酒量不行，她就护着："新平的酒，我喝了！"几杯下去，小脸蛋红扑扑的。

似乎有心灵感应，每当新平有想见她的念头，她指定神奇地出现在他的身边，对着他甜甜地笑。

一到周末，他们便钻过铁丝网的洞，在南湖的参天大树下朦胧着他们的爱恋。

那时多么纯粹啊，两个人连彼此的手都没有牵过。

记得她给了新平两张她的生活照，遗憾的是现在也找不到了。

知道她现在仍生活在济南这座城，已是两个孩子的妈妈了。

现在，他来了，济南城。从未想着相见，知道你在就好，这座城就让人觉得温暖，因了那段青葱岁月，即便是冬天……

貌似这样热闹的大课，新平还从没有上过。

主场设在济南CBD，喜来登五星级大酒店，700位全国各地汇聚来的各企业老板及高管。音响杠杠的，震得全身多巴胺乱颤。整得跟传销一样，上台山呼海啸鼓掌拍桌子连蹦带跳，还配个专门打字的装酷，弄两个保镖专门翻白纸。

上班苦兮兮的，新平还以为正好可以借此冠冕的机会偷偷懒，哪儿成想，每天从早9点到晚8点，除去中午一个半小时吃饭，上下午各一次十五分钟的短暂休息，就屁股钉在椅子上，玩命地烧脑玩命地灌，各种公式、各种演算、各种理论、各种大道理，整得五迷三道的。关键是，上完课，大半夜的还得弄作业，苦啊。

豪车倒是见了不少，看来济南当地的老板实力还是不容小觑的。劳斯莱斯也见着了，据说引擎盖上那个竖着的小人是纯银的，薅下来，能卖个二三十万呢。

济南这地儿，说是工资不高，消费却是不低。为了省钱，他们就天天走个二十分钟，吃碗清真面。反正没学明白之前，谁也不好意思胡吃海造。

还行，到底走之前，托某人的福，济南老板带着新平他们去趵突泉旁边的网红餐厅打了个卡。餐厅叫作“老胖烤串”，东北吉林的，老火了，如果不提前预约，根本就排不上位，他们就是整整等了一个多小时，才捞到座儿。

串烤得不错，黑啤也甘爽。

眼瞅着，G 公司对面的那一片楼就拔地而起了。

这或许是洛宁城唯一让人感觉到勃发的地方。

阳光恬淡，温存着此方静好。洛水悠悠，四野萧然，一切都是波澜不惊的样子。

到这里，你不会感到乏味，更不会压抑，洛宁人民淳朴得如 G 公司乌漆嘛黑的大棉袄。但这里是孤独的，孤独是这座城的 DNA。

一到午后，阳光便转了过来，从阳台落地的窗子透进来，宿舍白白的墙也明亮起来。

烘了半日空调的热风，偌大的房间才暖了起来。总算不用裹着厚衣，连同脑袋一起蜷缩在被窝里了。G 公司冬日周末的时光总是恬淡中带着些许的孤独茫然。

几只鹊儿，在水墨一般黑漆惨淡的原野低回地飞，时而驻足墙头璃瓦，时而展翅越上高枝。空气并不通透，灰蒙蒙的，整个原野在冬日的斜晖下，如置于透明的笼屉中缓缓地蒸，同着时光。

新平接连受了三日头痛的折磨，虽然大大好转了，可稍一拨动发梢，还会有闪电般的痛从头皮蹦出。

他是怕冷的，却又极渴望洛宁的冬。因为落光了叶的黑漆漆的白杨、黑漆漆的原野、企鹅一般厚厚的笨拙的棉衣，像极了辽西的老家。新平也不知道多久没有回去了，多年来老家只在梦里。而今，他还是孤零零的一个人，年华却已老去，灵魂还在漂泊。

他喜欢洛宁的面汤，喜欢洛宁的糊卜、酸牛肉、甜苹果……更喜欢洛宁的话从姑娘们的口中说出来。

如果你厌倦了嘈杂和横流的物欲，这里最适合你。

每天早上，刚坐到四楼的办公室，空气中全是孩子们的琅琅读书声。透过玻璃，孩子们跃动的身影清晰可见，新平仿佛自己也回到了少年。

女儿说，他打电话给奶奶，她爷也会立马凑过去，伸着耳朵屏息凝神，唯恐漏掉一个字儿。一听到新平决定回家过年，便笑得灿烂。

办公室里有两棵绿植，一棵不知道叫什么，另一棵也不知道叫什么。

以前也没有留意，对绿植，新平是没有任何概念的。

它们一直就在那里，也曾无数次的进入他的眼，但在新平看来，与四边冰冷的墙没有任何区别，看了就看了，泛不起一丝涟漪。

不知怎么的，突然便对它们产生了兴趣，滋生了某种莫名的情愫。

原来它们是远远地分开，且无法充分享受阳光的，新平把它们小心地挪到玻璃窗下，沐浴阳光；又把它们紧紧地靠在一起，枝叶相触。他是孤独的，他怕它们也孤独，明明是一对儿，为什么却只能守望。

从没有打理过它们，也从没有浇过水，有些叶子蔫了枯了，但生命力仍旧顽强，勃发着绿。

他开始每天给它们浇水，有时多得会从下边的托盘溢出来。不知道它们喜不喜欢，反正新平喜欢，认为它们也喜欢。就如同过日子，你感觉好不好不顶事儿，别人认为你好才是好。这世界，从来都是虚伪和颠倒的，你不深刻，没人教你深刻。

“龙马精神”这副字画原来在一个空置的房间里，以前也看过多次，也没啥激动的，真欣赏不了这方面的艺术，附庸风雅又非新平所愿，这回却不知怎么发了神经，就叫人帮着挪了过来。反正也行，这几个字看着确实长精神。

日子不紧不慢，按着它本来的节奏。洛宁也下了两场雪，冬也渐渐地深了，他来到这儿马上也满半年了。

新平常常想，现在或许真的是该离开了，但何处又是归途？

魂失了，躯壳还有什么意义。

这折磨人的烦忧惆怅，直叫人生不得，又死不得。没有任何一段岁月是带着原罪的，你的苦痛迷茫纷乱无助亦是。

驾车驶在洛卢高速上，看到那一片浓密的白杨，突然，非常想家，思恋生他养他的辽西那片热土。家门前的那片白杨，还是新平跟爹一起栽下的呢，现在早已是参天大树，遮天蔽日了。不管是他北上长春求学，还是南下广东工作，它们就虔诚地站在那里，默默地长大，替他守护长长的一段纯真的岁月。新平想，唯有回到生他养他的那个地方，才会重新汲取醒悟与解脱的力量与智慧。

有的人，注定是孤独的，因为那颗心不入流、不合俗、不将就。

太阳仍未出来，天边明亮，空气清新冷冽，清晨的街道越发显得空旷寂寥。每一辆缓缓而过的公交，都悄然地把新平的思乡之情增添了几分。

来到公司对面的铁谢羊肉汤馆，来一碗热乎的羊肉汤，吃美了，继续找文字做个伴儿。

人生不就是这样：从一个地方的孤独，到另一个地方的孤独。

[illegible]

[illegible]中有一个合乎情理的精神。

[illegible]

[illegible]

[illegible]

[illegible]

[illegible]

[illegible]

[illegible]

[illegible]

[illegible]

[illegible]

[illegible]

[illegible]人生不就是这样[illegible]

第五章 回归

只有在土地上，心才会踏实，
灵魂才会真切。

●

有位从未谋面的朋友，新平与之神交多年，主要是因为对文学的爱好。

他是新平一直崇拜的偶像和追求的目标，其文学功底十分了得，又十分用功，在大学时便写了多部剧本，早早地便靠才华与拼搏养活了自己；毕业后又成了公司高管，待遇丰厚。事业与理想双丰收，老婆漂亮，女儿乖巧，成都有房，乡下有屋。新平想，所谓的人生赢家便是这个样子吧。

去年年底的时候，新平突然在朋友圈看到他的令人震惊的讯息，以及他无数篇因人生巨大变故而发出的生命感悟。

他的身体彻底跟不上他的灵魂了。

瘫痪、失语，唯一幸运的是暂时手指还能动，脑袋尚清醒。从他反思的语句可以觅得，一个湘西穷乡僻壤的孩子，是如何透支生命只为改变个人乃至家族的命运，甚至有意无意地忽视了身体一再发出的警告。

而今，只有躺在轮椅上，由老婆孩子推在湘西崎岖的山路上，呼吸家乡的空气，或许才会在余下的屈指可数的日子里，保持一种无奈的淡定和佯装的从容。

自那次体检，对于自己“绝症”的误诊，实际根本是因为奔着“知天命”的年纪，身体发出了某种可明显感知的预警，新平决定先停一停了。

回到W县的第一个早晨，新平似醒未醒，睡眼惺忪，窗外便传来锄头与泥土撞击的声音。

窗帘上有淡淡的光了。拉开帘子，一巷之隔的那片泥土上，已然有好几个农人在劳作了。

突然，新平竟被她们强烈地触动了，吸引了，久久地伫立着，凝视着，不敢稍移片刻。锄头很宽，挥锄的老妇一如既往地淡定恬然，那张脸，新平从没有像现在这样看得真切。她时不时地蹲下，把锄掉的杂草抓在手里，抖净泥土，轻轻地抛在田埂上；有时又停下，站起来，双手扶着腰，那是弯曲的无法挺直的腰，审视着脚下的土地，满是深情，像是怜爱着一个孩子。

原来土地才是最有力量、最厚重、最有营养的，只有在土地上，心才会踏实，灵魂才会真切。

天空灰蒙蒙的，空气里满是秸秆焚烧的味道。现在闻起来，竟是从来没有过的亲切和美好！

新平与老婆逛了下W县，特意看了下正在建设的广西大学城，指点着未来地铁站、高铁站的大概位置……

之所以会喜欢上广西，因为童年里曾经有过的、人性中渴望的某种情愫，这里能找得到。

凑份子，你五十他二十，全村聚在一起搞烧烤。这是一块未被金钱主宰的土地，在这里邻里和谐亲情率真。

播种希望的季节来啦，春天来了！

闹钟设在了6点半，其实不用等闹钟震动，新平大多会提前醒来。

天仍是漆黑一片，新平摸索着起了床，并不开灯，蹑手蹑脚地穿上衣服。老婆仍在睡着，其实她是能够感知他的起身的，并不睁眼，翻转身去背对着他，鼾声稍停片刻，很快便又如雷般响起了。

儿子也没有醒，他卧室的门闭着，里边无半点动静。

戴上口罩，套上护膝，热身片刻后，便出了小区慢跑起来。

除了门口看门的保安和街上扫地的清洁工，再无一人。

W县的清晨是恬静的，路灯把街道照得明亮。

回来时，天已大亮，老婆正对着镜子一边梳着头发，一边哈欠不止；儿子坐在自己的小书桌前，静静地看着书。

他也拿出电脑，开始打出一个个文字。

若有杯热咖啡就更好了。

第三天的早上才跑了几步，他便扭伤了右脚，算是积年的老伤了。

不甚严重，却不能再发力了，脚跟不敢踏实地着地。估计一周的休养是肯定需要的了，所以今早便也没有出去跑。

岁月不饶人，人入中年，筋骨便容易出问题，尤其是年轻时如果不注意，运动不恰当，这个时候问题都会渐渐地找上你。

那时运动从来不懂热身，剧烈运动后又不懂拉伸；关节无保护，护膝啥的从来不戴，在东北没有任何草皮的硬地上，就这么疯跑疯踢。

膝盖是当年在苏州的时候开始越发地疼的。

那次打羽毛球，一是天冷二是没有热好身，跳跃救球后便严重地拉伤扭伤了，小腿就如同狠狠地挨了一棍子般，钻心地疼。整一个月才慢慢地好了，从此便更加不如从前了，不但慢跑会痛，就是平常的走路都会痛，爬楼梯更明显，不敢受力的样子。

今早W县的风好大，从厨房那边阳台敞开的窗子吹进来，呼呼作响。天阴阴的，倒是还没有雨滴下来。

W县，被称之为“城乡结合部”，不知这个“城”指的什么城。

在新平眼里，更像是县城，它本来的模样。撤县并区，成为首府了，却没觉得怎么变化。唯有标着“大行动办”的车，满大街地游荡……

出了小区，沿红岭大道西行约一百米，便是农坛路，沿农坛路下行约三百米，有一条老街。老婆经常指挥新平骑电车经过这里，一边讲她在W县读书时，如何时常光顾这里，吃一两块钱的小吃……

顶着日头，他没有骑车，就为了好好地认识下这条街。

原来它叫解放街，竟是残破得如同尚未“解放”一般。

位于W县区城厢镇，属于非常老的一条街。逼仄、扭曲、起伏、残破、老旧，仿佛被锈蚀了几千年的古董。人，也同出土的青铜般老旧、木讷。

“万物”市场、米粉店、理发店、牙科诊所、墓碑、裁缝、神棍……从生到死，从头到脚，由内而外，吃穿住行加“灵魂”，这条街可以侍弄得你舒坦。

除了“扫黑除恶”，更多的是预防艾滋病的宣传牌，也算是南宁的一大特色了吧。“W县：每年新发现病例近百人，死亡近二十人”，城厢镇最甚。怪不得老婆天天告诫新平，不要在W县不老实，她村里就有几个男的来南宁胡搞，没几年就死了。而这些都是没有被统计在内的。想到这些，新平不由得脊背发凉，分明看到了狰狞的病毒趴在广告牌上，冲着自己张牙舞爪。

新平想，或许还没有哪一个地方像壮乡W县那样，把每一项生活、生活的每一环，都过得如此郑重其事，如此虔诚，如此地有仪式感。

这次回家创业，老婆说既然入住新居，那就得按家里的规矩办一下。

找“先生”掐算后，日子定在9月9日，亲戚也都一一通知了。

鸡鸭酒肉全备齐，自然都是姐夫“黄大厨”掌勺。岳父干瘦矮小，只有一米五的个头，一支接一支地抽着烟，新平就把从苏州带回的烟给了他几盒，老人家就眉开眼笑的。吃完晚饭，一直聊到10点，约的“道公”仍未到。老婆打电话催了几回，说是正忙另一处。

直到11点多，“道公”才到。他与岳父相熟，寒暄一阵儿，便开始“做法”。

按“道公”的要求，老婆写下他们新房的地址及全家人的姓名。在“道公”一阵又一阵的絮絮叨叨里，不时地冒出“洪新平”三个字来，吓得新平一激灵一激灵的，还以为他要“收”了自己呢。

“道公”的“法器”还蛮多，让新平印象深刻的倒是那把刀。他一边挥舞一边敲击着，时不时还咬牙切齿地大声呵斥着，大有向地上趴着的大公鸡捅过去的架势，也不知道吼的啥，感觉好像大公鸡偷了他家的东西。这样咋呼了半天，就到12点了，新平瞌睡得不行。儿子倒是十分好奇，呆呆地看着“道公”“发神经”。

新平困到了极点，摸回床上，立马便睡了过去。

小店选在了广西大学城附近。大学城还在建设中，据说9月会有一所大学入住。

楼是房主20世纪90年代买地皮自建的，共五层。店面刚好三十平方米，算了下，可摆五张一米二的小桌，加一L型吧台。新平和老婆初下海创业，一概是懵懵的，还好自己是搞IE及精益出身，尚清楚一些套路。

网上选了几家装饰公司，现场量测、二维Layout、报价……结果，无一例外，都嫌他们的项目小，没有意愿接单。新平也核算了下，找专业公司来做，至少多花费两万元，因而最终还是决定全部自己来策划完成。

做了预算，用PPT做了方案策划，包括风格、Layout、WBS、Roadmap……也参观了商业街上的多家店铺进行参考。

吧台、桌椅、设备、电器等，都在网上订购，抽烟机、地板、吊顶、玻璃门、广告牌等也确定了承包人。

就是水电部分，有些没有头绪。

姐夫是专业制作安装五金门窗的，相关的施工资源肯定不少。晚上新平带了一条香烟，老婆买了几斤水果，过去拜访。

时间大约是晚上8点了，他骑着电动车载着老婆刚到楼下，姐夫和姐也恰好做工回来，满身的风尘，电动车还未停稳。

姐家的两个儿子都在。老大浩明去年刚去桂林读大一，老二今年也刚中考，准备上高中。

饭菜是浩明做好了的。大家一边吃一边聊，壮话新平也听不懂，一个人看着电视。渐渐地，不知怎么的，浩明与姐姐、姐夫争辩了起来，老婆在一旁一个劲儿地劝说。

浩明看起来是真的动气了，吃完饭丢下饭碗便甩手进了自己的房间，老二一脸茫然地看着他的背影。姐姐、姐夫倒是非常淡定，疲惫的黝黑的脸色还洋溢着某种幸福的笑容。看来此类争吵，不止一次在这个小家幸福地爆发。老婆微笑着同新平解释，姐夫他们刚接了一单20层安装防盗窗的单子，浩明担心父母的安全，便极力反对。

过了一会儿，浩明从他的房间探出半个身子，仍是非常激动，冲着姐姐、姐夫，这回主要是为了照应新平吧，说的是普通话："同你们说过多少次了，不要接高层的，就是不听，不做高层难道就吃不上饭了吗？"新平听出了浩明话里对父母安全的担忧、挣钱养家辛劳的理解，同时还有对自己当前无法替父母分担的怨愤、焦急。

姐姐、姐夫始终满脸藏不住的欣慰，孩子大了，是以这种方式表达着他们对父母的理解和关心。

浩明终于平复了情绪，大家便坐在一起，讨论奶茶店的风格。关于年轻人有什么偏好之类，浩明也给了他的一些中肯的建议。

天很热，只开着风扇，大家都有些汗涔涔的了，但没人提出开空调。

直到奶茶店开张的那一天，新平和老婆都是忐忑的。

怕没人来，怕顾客挑剔，怕这怕那……

事实证明，所有担心都是多余的。

小店紧靠大学城，周边又被社区包围，算是黄金位置了。第一天试营业，只供应奶茶，且叫了弟媳帮忙，都显得忙不过来。小吃部分暂未准备，问的人很多，以此估计，后续会相当忙。

看得出，兄弟姐妹们也是为他们捏一把汗的，毕竟他们也没有经商的经历，对他们的尝试也是不甚明了。虽然开业宣传不够，大多人并不知晓，但下午开始试营业，到晚上局面便已经明朗。姐夫非常开心，喝了不少米酒，把新平拉在一边：“新平，可以哦……”

除了在W县城里的亲属，新平乡下的岳父及大弟媳也赶过来了。按这边的规矩，开业是要请客的，临近的店铺都要请。W县，壮乡的人情味真是浓，大家都愿意捧场。临近商铺的买了鞭炮在他们奶茶店前燃放，以示祝贺。

W县人大多羞涩却不内敛，是实在、纯朴又善良，这看她们男男女女老老少少时不时地聚在一起烧烤喝酒划拳就晓得了。进店买奶茶，从无任何趾高气扬，他们初始的操作并不熟练，故而显得笨拙缓慢，他们也从不抱怨，从不催促，多么可爱朴实的乡亲啊。

来购买的客户类别及时段都非常有规律。最多的是附近城厢中学的学生，其次是带着小孩的母亲，再者是大学城的学生。以新平的推断，因大学城的学生刚刚返校，各方面还未熟悉，故而外出休闲消费得便少。晚上是最活跃的时间，一直会持续到11点多。带孩子游玩的母亲，成群结队外出溜达的大学生，一对一对的情侣……小店的位置及风格，正是他们愿意停下来歇歇脚听听音乐想想人生的去处。

每天，新平与老婆早早地便过来拖地、抹桌子、擦玻璃、擦设备，小店清新恬静而又一尘不染。新平一直这样告诫老婆：你用心保证小店温馨而整洁，你全身心地为顾客着想，即便他们看不到，但他们也一定感受得到，这才是经营的根基。

只要新平帮忙，老婆便经常埋怨，给得太多了，不赚钱。

其实新平何尝不知。本来他们卖得比别家就便宜，再不计代价地给，确实亏本。

某日又是如此。

一位穿着普通的老奶奶，带着孙子、孙女过来，在店外，围着奶茶店的公告牌看了又看，迟迟没有进来。孙女、孙子渴望的眼神最终征服了奶奶，两个孩子过年一般开心。

怯怯地，老奶奶跟新平说："买一杯，装两个杯子可以吗？"新平说行，就装差不多两个满杯给他们。两个小孩喝得好香，新平也开心。老奶奶更是欣慰，一个劲儿地问孙子孙女："好喝吗？"小孩儿嘴巴叼着吸管"嗯嗯"，奶奶便更高兴了。离开的时候，跟新平说"好卖哦"。新平想这才是自己听到的最真诚的祝愿。

刚开张那一个月，给别人报位置，总是报附近榨油坊的名号，因为这店开得久，大家更熟悉一些。现在五里路靠社区这一片，都以新平的奶茶店做地标。一是位置确实是社区最核心之处，二则发光的大招牌更醒目。经常看到有下楼拿快递或是外卖的，打着电话，大声地提示骑手按奶茶店的某个方向走多远多远。

新平想，除了生意，还是必须要有点情怀的。自己的小店就应该如成都玉林路的小酒馆、宽窄巷的见山书局一般，成为W县五里路的一个符号。

在于斯，爱于斯，温暖于斯！

对面羊肉粉店门脸儿外边的绿底黄字对联比较接地气，上联是：红辣椒白米粉新鲜地道；下联是：大海锅大海碗浓辣鲜香。

怪不得新平总觉得自己的奶茶店差了点意思。虽然不擅长这，也不知通不通，但仍自拟一副对联装点门面，上联是：热奶茶鲜果汁配榨存心；下联是：喝一杯尝一口香爽自然。

估计也没人花心思来赏鉴品评，但有与没有，感觉便完全不同。店不在大小，这样便是有了魂了。

新平的小舅子这段时间来了几次了，来了就找她姐嘀嘀咕咕，反正壮话新平也听不懂。问老婆，原来是房租、水电费交不上了，借钱来的。老婆每次都没有理会，各种理由搪塞过去了。其实也不用转弯抹角，直接告诉他不借就行了。

说起新平这小舅子啊，整日无所事事好吃懒做，照新平的说法，纯粹是家里惯的。

也难怪，岳父岳母连着生了三个女儿，没儿子是抬不起头的，于是乎就一定要生“带把儿”的。还好，老四便是儿子，一个还嫌少说是太孤单了，就又生了这么个小舅子。大舅子还好，老实巴交踏实肯干，小舅子是老疙瘩，家里便惯得没了边儿。原本就是一个土里刨食的苦巴巴的农民家庭，愣是把小舅子培养得跟个富二代似的，什么农活都没干过，也不会干，整天穿得光鲜鲜的，脸白白净净粉嘟噜的，头发梳得油光锃亮，怎么瞅怎么别扭。没读几天书，也没手艺，成天叼个牙签满大街晃荡，见人就凑上去，提溜着二两不到的智商装大明白。没钱就跟几个姐姐借，反正从来也没见还过，后来也没人敢再借他了。这不，新平与老婆回W县，便又缠上他二姐了。他倒蛮执着的，一次不行就再来，不达目的誓不罢休的样子，张嘴颇淡定从容，看来是老油子了，不好意思的反倒是新平。

新平私下里跟老婆说借吧，不借不好意思。老婆说他指定不还，外边现在还欠一屁股债呢，都是老丈母娘撅屁股抠点荒地卖点青菜在还。新平说根本也没指望他还，借他两千块，先够他两个月房租水电。一则，先消停两个月；二则，咱们呢吃亏也不大，却占了道义，再来借便可以“理直气壮”地堵他的嘴；三则，咱们也心安理得一些，毕竟是他亲姐，你说他这么可怜巴巴的，不帮下怎么也说不过去。

确实，现在老消停了，不知他现在又叼着牙签上哪儿晃荡去了。老丈母娘也知道这事儿了，就过来跟新平老婆嘀嘀咕咕，意思是他们不该借他，借了也得她来还。你说做人怎么就这么左右为难呢？新平心想，这个样子还不是你们给惯的，如今却又拿来说事儿扮大明白。

大概几年前吧，小舅子说是买大车，拉木材赚钱，贷款再加上从姐姐、亲戚借的，凑了十几万，结果跑去赌，几天便输了个底儿掉。老婆瞅着不成器就跑了，也不知去了哪里。还不是老丈人老丈母娘连着几年种地养牛喂鸡起早贪黑，总算是把这窟窿堵上了。老婆不知在哪个山沟沟待了几年，跟别人生了个小丫头，抱着又回来了。小舅子也不觉得臊得慌，就又快乐地生活在一起了。也是，不然这副德行哪里能再娶到媳妇呢？

营业额没有达到预期，新平和老婆决定开始卖早餐。6 点多就得起来。

以前不卖早餐，九十点钟开门，晚上 11 点至 12 点打烊，尚觉缺觉，这下更是受不了，今儿第二天，已头昏眼花身懒。老婆叫他回家补补觉，新平一口气便睡到日上三竿，醒来仍是迷糊。

早餐主要卖手抓饼和豆浆。豆浆是自己用榨汁机榨的，摆在带轮子的小车上，推在店外马路边，除了隔壁榨油坊的阿叔为了照顾生意买去一份，再也没有卖出一份。人来车往，早早便上工的人很多，戴着头盔。大家都不消费，甚至看也不看一眼。离他们二十米远那家小吃店，老板娘也推小车在路边，同样无人问津。老婆叫新平站在外边车旁，新平嫌丢人，不好意思，老婆只好自己站出去。6 点半到 8 点半，两个小时后，路上行人开始稀少，小车又原样推了回来。

才入中年，新平左鬓的白发已悄然添了一撮，肚子亦日渐隆起。大多时候，不是坐着便是躺着，慵懒且乏。越发地贪恋家，激情冷却，没了闯劲儿。不敢说“不惑”，但着实看明白了许多事情，渐渐地，死亡也越发看得多了，尤其亲人、朋友、邻居的离世，会让他压抑异常，久久不能走出。

他由衷地讨厌医院，因为越发地让他联想到死亡，但去的次数却越发频繁了，不是自己治病就是去看别人治病……

整条街都很萧条，如这瑟瑟的秋。路边一溜儿的老奶奶，担的篮子里放着待售的几小把菜，城管突至，喇叭嘶鸣，卖菜的老奶奶们顿如鸟兽散。

丑陋的暗绿色的车厢堆满了暗红色的砖，两位黑瘦的中年妇女穿着暗旧的外套，面无表情，机械地搬动着……

附近是一片片红砖裸露的五六层的矮楼，阳光昏沉沉的，没了生气……

小男孩，七八岁的样子，不高不矮，胖嘟嘟的，茶壶盖的头。

几乎每天都会光顾小店，一杯原味奶茶，一个手抓饼。小话唠，却并不惹人嫌。

烙饼的时候，他也趴在玻璃上，目不转睛地盯着："叔叔，给我最大的哦，沙拉酱、番茄酱都给我加哦。"

"必须的，叔叔给你的老大了。"新平一边挤着酱一边让他看真切，"瞅着，叔叔给你两种酱都加了，别人不好使，只给你多多地加哦！"小家伙就频频点头，咧嘴弯眉很开心地笑。

他从不带走，在店里慢慢地吃，也不坐着，跟着新平的屁股寸步不离，小嘴叽叽喳喳地问个不停。

后来，不吃东西也常来玩。风一样地跑来，未入门便先喊："我不买东西哦，过来玩玩……"渐渐地，已然完全腻着新平了。晚上经常待到11点多，直到奶茶店关门。印象中，他妈妈只找过一次，也是新平第一次见到他妈妈，三十岁的样子，蛮时髦干练的。听他妈讲，小家伙每天都会告诉她过来找叔叔玩。

后来才清楚，男孩的妈妈也是开店的，与奶茶店同一条"五里路"，仅隔五六十米，泡脚、按摩之类的。其实新平每日来店都会经过的，只是未有留意。

越发觉得小男孩有着与年龄严重不符的老成。

偶尔也能零碎地听到一些关于男孩一家的风言风语。新平始终如一地与他交谈玩耍，从不打听关于他和他家的任何事儿，不着痕迹地小心呵护着什么。

有一周的时间，他不再买奶茶，只要了手抓饼。新平就开玩笑："咋的了，你妈把你的生活标准降下来了呢？"他竟勉强地皱眉笑笑。之后，大约有一周也没有见到他的身影。

一周后，他又过来了，笑得灿烂，声调也比以前大了很多："买两杯奶茶，大杯的，一杯烧仙草，一杯珍珠奶茶哦。”这次新平没有打趣他，接过他手里掐着的二十元，找钱给他。

“这个是叔叔给钱让我买的哦。”不等新平回应，他只顾自说自话洋洋自得的样子。

接着，看了一眼找回的零钱：“再要一个手抓饼吧，跟以前一样的，最大哦，两种酱都要……”

新平一边忙活，他一旁不住地催促，拿到手便飞似的跑了出去。门口停的那辆小车的门打开了，一个年轻男子将手抓饼接了过去，男孩也上了车，一起奔着她家门店的方向去了。

越发地无话不谈后，新平禁不住好奇，就问他：“怎么只见妈妈不见爸爸呢？爸爸干啥呢？”

他环视一下周遭没人，便左手放在嘴边招新平过去，神秘兮兮的：“叔叔，我爸六十多岁喽。”

新平还以为小孩子不辨年龄呢：“你看看叔叔多大，跟你爸一样也六十多喽。”

他瞟新平一眼，竟未接话。看小家伙一脸严肃的样子，新平便不再打趣，静静地听着。

“我老爸有两个老婆，我妈是第二个老婆哦。我妈只生了我一个，但是……”

他伸出左手开始掰算起来：“但是，我有两个姐姐，一个哥哥哦。”

“老爸带着大老婆，还有哥哥、姐姐去美国了。”

“你爸多久回来一次呢？”新平问。

“一直没回来。我妈说，等我十八岁老爸就过来看我了。”

小孩一边说一边瞄着新平。小小的年纪就学会察言观色了，就小心翼翼了，就懂得看人眉眼了……想来他说的成年后爸爸过来看他的话，不是妈妈善意的谎言，便是母子俩一起合计的说辞。

新平的心里酸酸的，立马岔开话题："你妈是哪里的呢？"

"马山的。"

再后来，男孩来店里便总问新平：叔叔哪里人，还走不走，啥时候走之类的问题。新平说要走，他就有些凝重的样子，"叔叔能不能不要那么快走啊。"说着又伸出手指掰算起来，"就这些年后，等我长大了，带着我一起走呗，我背上背包，跟你去打工挣钱……"

奇怪，新平越发怜惜起他了，某种"同病相怜"的情愫？一个遥远的东北的汉子，只把"他乡做故乡"，W县，是灵魂安放之所？

临近年底赶上了疫情，不允许堂食，生意极其惨淡。大部分的店铺都关了，新平和老婆也关了店，到乡下住了两个月。

年后随着疫情得到控制，渐渐地开始允许堂食了。

但除了新平家的奶茶店开张，整个五里路这一片，几乎都是店门紧闭。

右手边紧临的榨油房前两天也开工了，除了第一天尚忙活，这两天也无事可做了，大部分时间卷帘门都是紧闭的。

再过去是水泥店，其实是无任何业务的，或许也是家里待着憋得慌吧，每天都会开上几个小时。丰满的老板娘一个人独自坐着，望着马路发呆。胖胖的老板是闲不住的，戴着红袖章，跟着社区的防疫干部到处吆喝。

水泥店旁的巷子进去便是红岭社区。室内篮球场的门用铁丝拧死了，室外的篮球场周边也拉上红条封了起来。一个人也没有，各式健身器材直挺挺地排在那里。

市场监督的面包车几乎每天上午10点多都会过来，检查是否消了毒、是否测了体温。

新平这的砂糖橘是一直有的吃，水泥店的胖老板提两大塑料袋过来，卖河沙的经常在水泥店待的他们的漂亮表妹也提更大的一袋过来。

对面的羊肉粉店，昨天也开了门。老板同新平老婆要好，都是马山的，黑且瘦，说话声音却十分洪亮，经常过来请教新平老婆各种问题，房东新换了智能电表，她看不明白了，也拉了新平老婆过去看。

同是五里路，离着大学城那条街比较近的肠粉店一直都没有开。老板和老板娘跟新平家一样，先前都是一直在广东打工的，后来瞄着W县大学城开建，便回家开起了店。因了这个缘故，大家便显得更近了些。老公能说，老婆甚少讲话，他们店开得比奶茶店早半年，所以新平初始筹划装修的时候，便得了他们的许多经验。

社区旁一家水店，是一对头发花白的老夫妻开的，他们有个上初中的孙女，瘦成了一道闪电，个子倒蛮高的。她经常光顾奶茶店，别的不要，每次都是手抓饼，顶多再加一个鸡蛋。

斜对面卖烟的小店，老板娘颇年轻，整天笑眯眯的，经常或抱着或领着她四五岁的儿子过来，别的也不要，每次只要一份薯条。

还有一个住在社区具体不知住哪里的退休了的胖奶奶，经常带着孙女过来。这孙女七八岁的样子，长得十分可爱，门牙缺了一颗，笑起来更显得可爱。每次一杯奶茶，务必是带珍珠的，别的也不要。

还有一对爱打羽毛球的小姐弟，经常晚上过来，非得缠着新平教他们打球。鸡腿、奶茶都是要的，搁在店外的凳子上，打几拍便跑过去或喝一口或咬一下。

好多来店的也是各种相熟的，有的是新平弟媳的同事，有的是老婆老家那边的乡亲；新平大姨子是开店做五金门窗的，在W县扎根比较久，且擅于交际，相识的人便更多。

新平想，这倒蛮好的，他喜欢有温度的W县。

6点半天便已经大亮了。

从恒福佳苑到五里路的奶茶店，骑电车不到五分钟。这个时候路上的人也最多，上工的、上学的都是这个点。

打开卷帘，搬出LED显示牌、食品安全展示牌、垃圾桶，打开里间厕所的门检查是否有异味。将开水机、果糖机、制冰机、榨汁机通电开机；清洁制冰机内部，并舀出昨日残留的水。检查所有食材，尤其水果，是否新鲜，是否够量。

称珍珠、煮珍珠……

确认库存和采购需求。

经过一个漫长的疫期，生活根本还没有正常，除了初三，小学、中学都未开学，大学城也没有开，对于餐饮来讲这真的是致命的。以前小孩很多，现在不是被家长正好名正言顺地关在家里省得出来花钱，就是被父母带到乡下。这也是W县这个小县城的特点。

从广东打工回来的人越发多了，南宁回来的也不少。新平的大舅子上周返回了佛山的工厂，说是降了薪且比以往更加地辛苦了，也在纠结是否坚持。

好多的店都在转让，当初都是奔着大学城急火火来的。初始还能保持淡定，毕竟对未来有着盼头，现在都嚷嚷着撑不住了，对未来也没了太大的指望。旁边新开的那家按摩店也打广告在转让。

五里路这一块儿的店铺，半年前月租才不过八九百块，奶茶店离大学城稍远显得偏了一些，但也只是稍迟疑一步，便翻了倍。离大学城近的那两条街，据说租金都上了四五千，都赶上更繁华的东鸣路商业街了。即便如此，手慢一点还抢不到呢。结果天不遂人愿，赶上这么个大劫，好几个月，没有收入，租金、水电都得照付，如果雇工便更惨。现在倒是开了，但是并没有想象中的反弹、爆发，能不能恢复到从前都不得而知，大家兜里都没钱，失业的也多，哪里再有余力消费。

奇怪的是，找店的人也多了起来。时不时有并不认识的人借着买奶茶的当口，询问半天店面的经营。有两个老婆老家的人也过来询问，一个原来在南宁做电工的，一个是 W 县搞装修的。

不管如何，生活还要继续。

闲暇的时候，新平喜欢傍晚坐在店门前，观看人来车往。

街道很宽，路灯很明，树很静。

收垃圾的红色的小三轮，不停地转悠。各家店铺的垃圾自己收好打包，就放在路边便可。小车过来，停住，或下车或不下车，收垃圾的人弯腰一拾往后一抛，垃圾便妥妥地在车上了。

临店铺旁，宽宽的巷子进去，不到三十米便是红岭社区了。除了政府机关，便是室外健身场，布满各种健身设施。对面就是篮球场和广场，均被大妈们占领了。旁边还有一个简易室内篮球馆，除了篮球，打排球的更多。大都是中年人，水平还不错，气氛热烈。新平每天出去练练器械，都会驻足观看一会儿。

晚上9点半，城厢中学才下自习。学生们一部分由家人骑电动车接走，一部分自己骑自行车，离家更近的便步行。孩子们普遍都瘦瘦的，很少有北方孩子那样的肥胖。想来，一是经济及饮食，二则气候使然。

大多店铺，不到6点便关了。开着的，只有便利店、奶茶店、理发店、沐足店等。夜生活远不及广东，倒也恬静安逸。

注意到斜对面的台阶上，有一对老头老太摆了几箱沃柑在卖。

新平便回到店中与老婆商量买些，这时街上突然喧嚣起来，伴着货车车厢噼噼啪啪的响。

出去一看，四五辆“大行动办”的轻卡、面包。其中一辆轻卡放下了尾板，几个大汉抢似的正搬着沃柑的箱子往上装，其他的卡车则装满了电动车。周边瞬间聚集了好多人，更多的是不远不近地望着，没人吱声，就那么定定地看着。那对老头老太也不言语，站在一旁手足无措，无助而沮丧，最后把秤也扔上了车也没有任何的抗议。

好大一群穿着制服的，女的也有，都满面红光兴奋异常。沿着大街张牙舞爪的样子，一个胖胖的男人大声指挥着。春天要来了，这满满的几卡车物品，都是他们的春天。

气温降得比较多，前日还是短袖，昨儿便又穿起卫衣。

五里路原本就不热闹，湿冷让街道更加的冷清。

奶茶店一整天也不见客人，对面羊肉粉店倒是人来车往。

东莞某香港老板又邀新平过去帮他。新平原本对书爱不释手，现在竟看不下去了。新平又开始烦闷起来。

老婆又研究起了她的美食，和面发面炸起了油条。

隔壁楼上的美女应该是准备搬走了，清出了一大堆瓶瓶罐罐破纸皮，堆在了街边。天还飘着雨，才眨眼的功夫，一农妇领着七八岁的孩子急火火过来，冒雨翻拾了起来。翻拾得很仔细，妇人和孩子都很兴奋，不断地大声说着什么。时不时地有年老的路人经过，看那直直的眼神，定是懊恼为何就差了这一步。

老婆炸的油条很好吃，颇令新平惊讶。

记得在东北的时候，村里只有一家会炸油条，以前偶尔还走街串巷卖过。所以就把这手艺当了宝贝，搞得神神秘秘的。哪家想吃炸油条了，就请他帮忙。事前按他的安排买好明矾等物，他再过来配料和面，别人是不能看的。新平也是喜欢油条的，虽然两家走得也比较近，但毕竟不愿求人、不愿麻烦人，也就从没有自己炸过。感谢老婆，又可以吃上美味的油条了。

那个说话像瓷娃娃的姑娘又来了，大冷的天穿得倒清凉得很。外边罩着薄薄的睡衣样的外套，光着脚，趿拉着拖鞋，一副睡眼惺忪的样子，估计也是刚从床上爬起来，还不知外边的天日。妆也没有上，所以看上去远没有平日靓丽，真正的灰姑娘了。看新平瞅着她，有点不好意思地冲新平笑了笑。新平原本想打趣几句的，看她尴尬就没有开腔。侧影看去，胸部的外套被直挺挺地支棱了起来。

店里的生意仍无半点起色，那点收入根本不够房租水电。

老婆买了石磨，说是早上出摊卖肠粉。

待朦胧中醒来，已然6点。老婆是几点起来去出摊的，新平是不知的。

知道出摊的大致位置，新平决定去看看。

天上正飘着雨，如丝如缕，地面的方砖已然湿透，在灯光映照下，黑黝黝地闪亮。小区仍是一片静谧，整个W县城还在沉睡。

这里是去里建的必经干道，里建的工地和工厂较多，好多上工的天不亮便上了路。远远望去，在红岭大道与五里路交叉的路口，有两个摊位。走近一看，一个是卖手抓饼的，另一个恰是他们的。可能由于还在假期吧，出摊的并不多。

W县人更喜欢卷筒粉，肠粉要的少些。

所谓的卷筒粉，其实就是加了各种配菜的肠粉，配菜有豆角、有韭菜鸡蛋、有油豆腐等。

近7点，天已大亮，雨也停了。光顾的客人也多了起来，一拨未走，另一拨又围了上来……

没有想到会有这多人，昨日配的料很快就见底儿了，妻又骑上电车匆匆地赶回店面去配。

一种勤奋成就另一种勤奋，一种辛苦支撑另一种拼搏，这才是生活该有的样子……

早上一般6点半，顶多6点40分，新平便会到五里路的奶茶店了。

W县的洒水车很准时，等新平刚安排好店内物件，它便唰唰地到了。没有音乐，白色的健美的轮廓缓缓移过，如安静的美男子。

那位棱角分明、脸色黝黑、身手却异常矫健的大爷，正在清扫街道。他板着脸，严肃而认真，每次到新平的店前都特意地照顾，把新平玻璃门外的整个空地扫得一尘不染。大概不是因为老人家每回给他的孙子购买薯条都得到新平的照顾吧，因为新平确实也未觉得对他比对别人更关照一些，除了多放了两包番茄酱。他的年老的妻子，也穿着红色的制服，偶尔扫动几下，更多地是站着安静地看。或许这就叫陪伴吧。

店里有新平占用的一张桌子，隔着玻璃面朝五里路大街。

本月正在看的即将看的、看了几眼看不下去的，都一股脑堆在桌角。

新平想，在特殊时期，阅读确实是“活下去”的最好方式。“左手是生存，右手是梦想”，不论如何，通过著作与世界的大师们交谈，都是受用不尽。

店里不只有小孩，还有社区里的不少文化人，渐渐地都成了固定的主顾。

你是什么样的人便会吸引什么样的人。

平时，除了陪孩子打打球，新平便钉在那里看书，只有老婆忙不过来的时候，他才搭一把手。不过搭手的时候很少，一般都是城厢中学晌午放学那一阵儿。

慢慢地，店里开始越发有书香的气息，文化的气息。戴眼镜的少妇也来得多了，有时会瞄着新平的那一摞书：“哇，那么多厚厚的书啊！”

那几拨聚在一起打游戏的少男少女几乎不再来了，因为新平是不许他们在店内吸烟的，所以大概是不能肆意，受了约束，便另觅去处了。后来新平偶尔路过大学城那家开得最早的奶茶店，发现他们到了那里，整个店内烟雾缭绕，他们抱着手机肆意地叫嚷，或搂或抱，一片颓废的景象。

新平自左脚上回打球受伤不能动弹，行动不自由，便觉一切都受了限，都无力掌控了。

越是如此，越是躁动不安，越是拼命地想要挣扎。

新平想，这一切都源于内心的孤独吧。

这种落寞，一旦无法通过行动的自由、空间的变换来淡化与释放，霎时便可以让你窒息，就更加渴望能站在万山之巅，无一石障目，真切切地触摸到自己的灵魂，清亮亮地看透这人间。多么地煎熬啊，肢体健全的时候，行动都追不上灵魂，如今半拉残躯，情何以堪！

原本是不打算陪着老婆儿子回乡下的。

整个上午，在奶茶店看着老婆与弟媳兴奋地购买收拾各式蔬菜水果衣服等物，最后的一刻，新平还是决定与她们一起回罗波。

连通W县与乡下的水泥路终于修好了，除了天马街上那一百多米仍是坑洼，且积了水，路上并没有太多的车，所以走得顺畅且快。

路上，到处是乳房一样的山包，郁郁葱葱；大片大片的稻田，延伸到远方，连绵不绝；潺潺溪水，悠闲的黄牛……好一派绝美的田园风光，令人心旷神怡！

可笑的是，一天半了，新平也没法好好地吃一顿饭。晚上的确是饿得不行了，拿一包榨菜，对付了一碗难以下咽的米饭。说心里话，这里的饭菜真的让人没胃口。也难怪这么多年了，老婆做的饭菜都让他吃得痛苦不堪。

乡下的空气中，始终都弥漫着粪便的味道。老婆的村子在山坡上，绿树环绕。山里的路沟沟坎坎，曲曲折折。几匹瘦小的马驮着木材，喘着粗气，从山里走来。马蹄落在石路上，嘚吧嘚吧的，好悦耳。儿子一到这里，就像换了一个人，又疯又野，开心得不得了，跟两个哥哥满村子跑，笑得那么真、那么甜！看着开心的儿子，新平似乎看到了孩童时代的自己……

太阳落山，天渐黑，正是家家浇菜园的时候。一桶桶粪水倒下，浓浓的臭味在空气中弥漫……

一个人，怔怔地站在二楼的阳台，黑暗浓浓地把新平包围，从窗子透出的柔弱的光也被淹没了，这一刻心是宁静的，没有一丝丝的躁动。空气特别清新但有些冰凉，混和着堂屋外劈材燃烧的一阵阵烟，就如同凌晨村子此起彼伏的鸡鸣，不呛不吵，这才是“人间”的味道。

他的身体里生命本原的某些东西开始复苏了。老婆喊新平下去吃烧烤。一大家子正围着炭炉热闹地谈笑，一阵阵孜然与酱油的味道随着烟雾蒸腾。

新平躺在乡下的床上，一边呼吸着空气中的泥土味，一边聆听冷雨敲打树叶、泥土和屋顶铁皮的声音。

老婆还是会插秧的，颇令新平惊讶。

大舅子拿着木制的耙子把水田的泥土耙平，老婆与岳父、岳母便弯腰把秧苗插下，绿绿的嫩苗很快便铺满泥塘了。

新平分明看到了某一天，他的逝去的躯壳也被埋在了泥土之下，与秧苗相伴。

一到乡下，就没什么能够阻挡他奔向大自然的脚步了。

儿子躲在楼上玩手机，老婆搬着小板凳跟她妈诉不完的衷肠。新平难得清静，一个人，拖着半条腿，走在阡陌纵横的小路上看看山瞅瞅水，好不自在宁静，任思绪恣意飞扬。

望山看水的时候，完全忘却了脚痛，回到家，堂屋一坐方觉疼痛难忍。房间在装修，叮叮当当的也令人烦躁，坐不住一会儿，就拄着棍子继续溜达。

意外的收获是，整个村子的老大娘们开始操心他这只脚。经过叽里呱啦的他听不懂的各种讨论后，说是某种草药捣碎了敷上两天就好了。新平不顾天黑，跟人家要了些，准备晚上就捣碎了敷上试试。

鸭子是老岳父养的，他们回来了，加上家里有装修的外人，就杀了一只。新平是不吃肉的，幸好还有盘青菜。这边吃饭的风俗他仍是适应不了，一到饭点，各自找碗各自盛饭，找个小板凳各顾各的吃。初时新平还矜持，等了半天，老婆没有动的意思，他长叹一口气，入乡随俗吧。一碗粥不够填肚子，新平也不好意思盛第二碗，于是就一个劲儿给老婆使眼色，老婆此时抱着鸭肉嘎嘣嘎嘣啃得正香，根本也注意不到他。直到新平悻悻地站起来，拖着残腿挪向粥盆，老婆才张开流油的大嘴："要不要我帮你盛呢……"

"等你，我还不得饿死……"

村里两个老太婆，坡上一个小板凳坐着，坡下一个小板凳坐着，太阳落山前就开始吵，上灯了还没结束。中气十足声音洪亮，在静谧的小山村尤其响亮。新平想，这比城里的广场舞强，这得多锻炼肺活量啊。估计这阵势明天还得继续，年前结不结束都不好说喽。

昨夜下了一场雨，早上起来，已经停了，天上飘着如墨的云。

瘦小的岳父提着一桶玉米去河边喂鸭子，走得飞快。敷了一夜的草药，新平的脚并未见效，反倒觉得更严重了，看来还是少走些路才是正道。弟媳们合计着是不是换另一种草药再试试，新平说也中，总不能辜负人家的一份心意不是。

鸭子嬉戏的这条涓涓细流，其实并不是看上去那样温柔，多年来，不知吞噬了多少孩子的生命。大舅子上了中学的女儿也溺亡在那里，就是那一夜，村里同时失去了三个孩子。

鸭圈旁的铁柜子安着一张床，晚上老岳父就睡在那里。在乡下，相比贫穷、嫉妒，道德禁不起一盘鸭肉的考验。

家中主堂刮白贴砖差不多了，大舅子早早地就搭脚手架忙活着。堂屋的正中墙壁上，无一例外是“天地君亲师”的牌位，或许此为广西家家户户的标配吧。也不知谁是他们的“君”。

岳父是六社屯的队长。公示的一些账目，就用大红纸贴在家里的外墙上。大致看了下，队里主要的收入便是山林的外包费，一年三十七万。支出单是修庙一项便有十一万，如果再算上一年各种节日祭神的费用，这全部的收入几乎都交给鬼神了。

烟酒新平现在是不沾的。

除了蔬菜豆腐，任何肉类他也不吃了，哪怕是粽子里那两团早已没了一丝油腻的肉。

岁月生生地被他过成了佛性。

大概是因了素食的缘故，大脑显得尤其敏感、清醒。它一刻不停地高速地运转着，这该是多么大的负累啊，如千万钧重担压得人喘不上气来。但越是这样，越发不敢稍有不清醒，越是想要真切切地看清思想是如何挣扎的。

全家老老少少都围挤在饭桌前，眼睛盯着大盘的鸡鸭鱼，热闹地大快朵颐。在新平的面前，永远会有一小碟青菜，那是专属于他的，没人跟他抢，他可以淡定从容地一根一根地挑着吃，就如同一下一下地不紧不慢地敲着木鱼。

不论如何，新平的身体内某种活力的东西都开始如浸水的黄豆般迅速地萌发了，眼睛里也开始有了光，脸蛋似乎也红润起来……

看来“旅行”是有必要的，看来环境造人也是对的。

清明拜祭祖宗去扫墓去陪会儿他们也是应该的。

墓地在天马对面的山上，驱车不到十分钟便可以到山脚。车早已排满了公路，上山的路，人来人往。鞭炮声此起彼伏，一股股烟在浓林密草间漫延升腾。

新平两个小舅子和岳父，手拿柴刀锹镐开始清理墓边杂草，点上香烛烧上纸，大家便一起作揖。

大舅子是会看墓的，说要挖开看看是否有什么异常，说完便挥起锹镐径直朝着坟堆挖了起来，惊得新平心砰砰地跳。老婆让他离开，新平便逃似的哧溜下了山。

后来问儿子，儿子说挖出了个罐子，里边进了水。老婆也说，要再找地方，把“祖宗”重新安葬。

或许只有偏远落后的乡村，才会让人们更赤裸裸地触摸到自然及生命本原的某种东西。

夜深了，黑暗又淹没了一切。

某种原始的本能的冲动又在新平体内猛烈地复苏了，一双迫不及待的炙热的手，带着勃发的欲望伸向一旁同样是欲望偾张的老婆肉乎乎的身体……

楼下那个西装革履站在自家小菜园子旁愣着神儿的便是老婆的堂哥。前方低矮破旧的房子，是他目前的栖身之所。

2007年一别，这一晃已十几年了。新平一直都在苦苦寻找他的消息，几次回广西过年都没有见到他，这次总算逮到他了。

他是村里第一个大学生，毕业后，先是在东莞长安的一家美资厂上班，后来与南宁的一公务员结婚，便回家上班。没多久，他老婆嗜赌，输光家产，于是两人离婚，堂哥净身出户，一套房子留给了女方，可惜的是，孩子也没有生一个。

之后，堂哥又重返长安那家工厂，渐渐混得一个小领导。那时进工厂还是不容易，好多广西老乡就找他进厂，他就热心地帮助大家。2007年，新平和老婆从FH离职，也就冲着这层关系找他去了。

记得到长安那天，堂哥亲自骑自行车接的新平，帮着驮回了行李。他在外边租的房子也让给新平与老婆免费住，自己去住厂里宿舍。那时新平和老婆每天出去找工作，他晚上下班经常过来，做一桌好菜给他们，还不断地叮嘱，唯恐他们上当受骗。

后来新平和老婆去D公司上班，就离开了那里。

初始还有不断的联系，不到一年就突然没了堂哥的消息，打听他家里也不清楚。只是听说回了南宁，也不回家，谁也不知道他在干什么。每次回广西过年，新平内心深处都十分期待见到他，不为别的，只为感恩。

这一次终于见到他了，但他的冷漠与恍惚令新平心痛。大家都传他在搞传销，家里也劝新平不要见他，唯恐受他蛊惑。这怎么可以呢？不论他现在如何，也不管干什么，都是新平一辈子要感恩的人。

9点多，新平和老婆一起去他的小房子。他妈妈在巷子里，说他还在睡觉，他们就回来了。新平爬上楼顶，就是要守着，看他出现。

老婆没去，新平自己跑去找的他。

他把新平让进了屋子，烧上一壶茶，就开始讲诉他的这十年经历。

原来新平与老婆去D公司上班后，没过一年，他们公司要迁去四川，他不想去，就领了一笔补偿金回南宁了。

回到家里，新平一句话也不想说……

从乡下回到W县，新平与老婆又绕着大学城的街巷走了一圈。

除了便利店、药店，三两家卖螺丝粉、水果的，绝大多数的店仍是大门紧闭。只是街道没有前一段那么安静，越发嘈杂起来，爆裂的柴油马达、震天的破路钻头，尤其让人烦躁。

离菜市场不远的那条巷子却是如常，沿着墙根一溜的大妈，担菜在卖。

自打在苏州两鬓开始增添白发时，新平便懒得照镜子了，即便是照，也不敢多端详，只飞掠一眼，脸上别粘饭粒鼻屎就行了。尤其左鬓，添了整整一大把，白花花的特醒目。所以开始喜欢上了短发，比起秃发的展示，他在意白发，他怕苍老的宣誓。

除了整夜整夜睡不着焦虑出来的大黑眼泡，还有这白发，是新平这几年收获的“礼物”，里面的零件是否受损，那是显然的，但至少这个躯壳还能敷衍着还能支应着。

一切似乎都按着自己的计划走，又似乎完全不是当初想象的那个样子。一切都变化得那么快，那么陌生，那么不可理解，无法驾驭，就如同人们不经意间就迅速地老去。

有了大房子，有了车，有了更高的职位和收入，待过肇庆、东莞、广州、上海、扬州、苏州，去过洛阳、南昌。老婆孩子远在千里，新平，一个独行侠般，仗剑天涯，却甚少有豪迈之感，更多的是怅然若失。为了生活根本无暇他顾，每日杀气腾腾拼得狼烟四起，转眼却已中年。

决定停下来，看看花看看草沐浴下阳光了，这才是生命本来的样子啊。

方寸小店，妻、子相伴，不拼着劲儿，不冲得猛，不欲望沸腾，只淡淡经营，温柔相待，对别人，也是对自己。

日复一日的平淡的日子，让新平开始觉得乏味。没有心灵交融的岁月，每一秒都显得煎熬。

已经 12 点了。

老婆背对着新平侧身躺着，举着手机仍在片刻不停地玩着，屏幕的光照亮了她的脸。

或许只是习惯，或许带着某种烦闷，新平的双手向老婆伸了过去。

老婆继续擎着双手，不住地在屏幕上划拉着，好像揉捏的不是她身上的器官，而是两个无关的茄子。

显然她的兴趣不在这里，其实新平的兴趣也不在这里。

新平急迫地想着逃离，却四顾茫茫，根本不知道哪里可以容他落脚。

新平是喜欢孩子的，孩子们也都喜欢新平，不论什么时候，也不论到哪里，周边都会聚着一群。

到 W 县也是如此。

社区的好多孩子新平都认识，都喜欢找他打羽毛球，当然他们买鸡腿和奶茶并非新平提示的，或许他们本来就爱吃吧，亦或许不买点啥确实有点不好意思。

除了亲友，这里新平还没有一个成年的朋友。

在东北的时候，新平也是孩子王，所以乡亲们都觉得他有点“各色”，经常指指点点。

直到考上大学，全村子的妈妈都赶着自家的孩子找他来玩，当然这好像也没改变任何人的命运，长大后大都还得在工地上搬砖，如他们的父辈一样。

所以新平是“单纯”的，不喜欢“伪装”和任何“阴谋”。

所以对这个世界始终是格格不入的样子。一个颇赏识他的白头发老头曾鼓励到：“与天斗其乐无穷，与地斗其乐无穷，与人斗其乐无穷。”

说实在的，他还真没斗出一丝快乐，唯有跟孩子们在一起，他才是他自己。

或许不会思想的小动物也可以让人们卸下戒备吧。

新平提议养只小狗，但老婆不喜欢；新平说那就猫吧，老婆也不同意。

于是，新平只能白天陪孩子们打打羽毛球，晚上便捏捏两个生硬的“茄子”。

人到中年，焦虑总是如影随形，似乎却又毫无由头。

新平越发害怕孤单，总是渴望与家人腻歪在一起，片刻都不敢分离。

这份焦虑，就如同生死一样，不是卑微的人类能掌控的，甚至无力抗争。唯一不同的，它是十分准时的中年“礼物”。

似乎与以往的成就、名望、财富等都无关，这是一段每个人都逃脱不了的煎熬。

新平越发不愿一个人睡，每晚都要与老婆腻在一起，无关肉体，仅仅是一个灵魂需要另一个灵魂。

老婆的鼾声也随着体重及年龄的增加而越发剧烈了，一到凌晨新平便不得不睁着眼睛等天亮。新平不忍推她，轻轻地推也不想，怕耽搁她的美梦。

中年的女人更是卑微、慌乱、敏感而脆弱，她们的焦虑伴着强烈的战战兢兢。她极力否认新平的“指控”，一边却又偷偷地“百度”，她的那本绿皮的私密笔记本抄满了各种治打鼾的偏方。新平不经意地看到过却不忍拆穿她，反正她的狐臭不也是她自己搜罗偏方偷偷地治好的嘛。为此还时不时地跟他炫耀。新平就纳闷了，当初为啥就提溜个大鼻子死不认账呢？女人啊。

中年人的焦虑时不时地可以让你卑微到土里。

二十年间，新平换了七八份工作，也到过不同的城市。无外乎，从一处嘈杂奔波到另一处嘈杂。

还来不及停下脚步，思考一下人生，人生最宝贵的四分之一，便倏忽而过。仿佛昨日尚是少年，今日便已中年。

脑袋秃了，白发多了，焦虑了，精神也开始不济了……

作为上世纪七八十年代的人，是那个时代塑造了新平的一切，而今，他又拖着那个时代的躯壳来到现在，灵魂却怎么也跟不上。

曾经理想的痕迹一点都找不见了，它只留存在书本上，残存在如新平的那一代人的记忆里。

那时的他们，虽然穷苦但纯净，精神饱满有奔头。人们穿着补丁的衣服，吃着咸菜疙瘩，热情洋溢地讨论“国家大事”，评判“里短家长”。

他们砍柴，割猪草，在村前的小溪里嬉戏……

那时的快乐很多，哪怕过年的一顿饺子、几块肉，哪怕一片阳光、一个果子、一朵野花，都可以让大家万分欣喜。

那时人人都有梦想。

新平爹想着攒钱弄辆“永久”或“飞鸽”，妈惦记着有台“蝴蝶”，孩子们背着帆布书包，整天念叨着“一清华二北大三南开四复旦”，一边憧憬着将来能成为华罗庚那样的数学家。

那时可干的事儿好像很多，可以种地，可以养猪，可以酿酒，也可以倒腾点什么，只要勤奋都能有所收获。现在好像能干的事儿却少之又少了。种地？不行。养猪？不行。酿酒？也不行。倒腾点什么？更不行。貌似除了去工地、工厂找点活计，真的没有了更好的路子。

那时的人们该忙时便忙该闲时便闲下来，都有时间思考梦想，可以一堆人聚在一起，围着收音机，气定神闲津津有味地听“岳飞传”“杨家将”。

现在人都很忙，可能他们也不知道为啥忙，或是不敢闲下来吧，也可能唯有忙才会让他们不去思考，思考竟成了一种负累；也或许，唯有忙才令自己因不如人而倍受折磨的心因“疏忽”关注而缓解吧；更或许，唯有忙才会令茫茫然的孤独少一分刺透骨髓般的痛。谈“梦想”是不合流的，钱、房子、车子……才是可以拿来攀比的。

新平是喜欢雪的，辽西的雪，家乡的雪。

如今没见你的样子，已经十多年了吧。爹妈的头发，也如雪一样的白了吧。

他喜欢万籁俱寂的月夜，一个人孤独地踏在苍茫的旷野，冰冷的空气可以令头脑异常地清醒、敏锐。

思绪随脆裂的“嘎吱”“嘎吱”，延伸……

决定回到W县，设想的便是远离嘈杂与喧嚣，找寻真正的生活与宁静。

初始，确实感受到了宁静，也似乎摸得到时间的慢慢流淌。

渐渐地，一种嘈杂却在新平的内心深处沸腾起来，搅得他心烦意乱，坐立不安。这时，他方领悟：嘈杂与宁静主要在于内心，永远不存在游离于社会之外的真正的“世外桃源”！

为了古灵精怪的扔在东北到高中了与他相聚时间累积起来也不超过一个月的学霸女儿，为了虽然一直在自己身边却天天被一个人锁在家里的一边手里牵着破毛巾一边吮着大拇指的极度没有安全感的儿子，同时也是为了自己以后追逐梦想的时候少一点嘈杂可以更加心无旁骛……

新平决定还是要继续闯荡了，尽管他仍然极度害怕孤独。